Norbert Scheuer
Flußabwärts

Norbert Scheuer

Flußabwärts

Roman

C.H. Beck

ISBN 3-406-49312-2

© Verlag C.H. Beck oHG, München 2002
Satz: Fotosatz Reinhard Amann, Aichstetten
Gesetzt aus der FFScala
Druck und Bindung: Kösel, Kempten
Gedruckt auf säurefreiem, alterungsbeständigem Papier
(hergestellt aus chlorfrei gebleichtem Zellstoff)
Printed in Germany
www.beck.de

Für Elvira

«Life is a Goddamned,
stinking treacherous game
and nine hundred and
ninety-nine men out of
a thousand are bastards.»
Theodore Dreiser

Es schneite, das Flutlicht auf dem Sportplatz war noch nicht an, wir liefen im Halbdunkel herum, schossen uns den Ball zu, bis der Trainer schrie, daß wir uns in einer Reihe aufstellen sollten. Mein Freund Martin kam wie immer zu spät. Er arbeitete damals im einzigen Supermarkt unserer Stadt, sein Chef gab ihm nicht frei. Um halbwegs pünktlich zu sein, mußte er heimlich abhauen und vom Bahnhof, in dessen Nähe sich der Supermarkt befand, laufen. Er kam außer Atem an, drängte sich in die Reihe, stieß mich an und raunte, daß ihm saukalt sei und er keine Lust zum Trainieren habe. Claßen schimpfte wegen Martins Verspätung und hielt dann seine obligatorische Ansprache. Er sagte, daß es unser letztes Jahr in der Jugendmannschaft sei und wir den Aufstieg unbedingt schaffen müßten. Es donnerte von weit her, ein paar Blitze zuckten durch den Abend. Es war das erste Mal, daß ich ein Gewitter im Schnee erlebte. Irgendwie erschien mir alles, trotz der Ansprache des Trainers, still und unbewegt, als würde die Zeit einen Moment stehenbleiben. Flocken senkten sich auf unsere Köpfe und Schultern, blieben in unseren Haaren hängen. Die Flocken schienen wie Papierschnipsel, die lautlos vom Himmel taumelten. Weit entfernt hörte man die hinter Anstois verlaufende Schnellstraße, über die wir noch am Morgen zu unserer Ausflugsfahrt in die Eifel gestartet waren. Ich dachte an diese Tour, auf die Mutter sich das ganze Jahr über gefreut hatte, ich dachte daran, was Oma während der Fahrt erzählt hatte. Sachen, die mir rätselhaft waren und die ich nicht wirklich wissen wollte, vielleicht weil ich ahnte, daß sie mein Leben verändern würden. Martin zitterte, trat von einem Bein aufs andere und schimpfte über Claßen, daß der wieder kein Ende mit seinem Gerede fand. Wenn Autos über die Straße in Richtung Stadt fuhren, tauchten in ihrem Licht rote Sandsteinmassive auf. Sie lagen auf der anderen Flußseite hinter den Bahngleisen. Scheinwerferlichter drehten sich über dem Wald im Schneehimmel. Claßens Stimme kam als leises Echo von den Sandsteinfelsen zurück. Auf den Felsen wuchsen krüppelige Kiefern, deren Äste in den Himmel griffen. Wir hörten Claßen gelangweilt zu, weil wir nur zu gut wußten, was er sagen würde, er hatte seit Wochen kein anderes Thema als unser Spiel gegen Jünkerath. Wir wollten auch alle gewinnen, aber Claßen tat so, als gäbe es nichts Wichtigeres auf der Welt. Er fuhr mit der Hand über sein Gesicht, um den Schnee vom Schnauzbart zu wischen. Er sah in diesem Moment aus wie ein Seehund, der aus dem Wasser auftaucht und mit der Flosse übers Maul fährt, und dann schrie er, daß wir laufen sollten, laufen, laufen …

Zum Abschluß des Trainings kickten wir auf das Tor, das zur Urft hin lag. Vorher schlurfte Claßen durch den Schnee zu seinem alten Koffer, in dem er Trikothemden hatte. Wer ein Trikot bekam, spielte am nächsten Sonntag auf jeden Fall. Der Trainer hatte mich für den Sturm vorgesehen, obwohl ich viel lieber im Mittelfeld spielte.

Claßen machte beim Trainingsspiel mit, tapste hektisch durch den Schnee, forderte den Ball, stolperte am Verteidiger vorbei, dribbelte weiter und schoß, als ich ihn angriff. Der Ball verschwand über der Querlatte im Dunkel. Claßen wollte den Ball mal wieder nicht holen, er tat so, als hätte er sich bei meinem Angriff verletzt. Er hockte sich hin, hielt sich sein Knie und verzerrte das Gesicht, als hätte er sich sehr weh getan, und brüllte, ich solle den Ball holen. Widerwillig stapfte ich die Böschung zur Urft hinunter. Der Schnee lag am Ufer fast kniehoch. Etwas weiter flußabwärts, hinter den Stromschnellen und der Kläranlage, begann ein Gebiet, das im Frühjahr immer überschwemmt wurde und in dem wir früher oft gespielt hatten. Alle paar Jahre stieg das Wasser bis zur stillgelegten Bahnstrecke, die direkt neben der Straße nach Gemünd verlief. Wie ein zerrissenes gelbes Tuch schwamm das Flutlicht auf der Urft. Der Ball war im Fluß gelandet und trieb langsam ab. Martin rannte an mir vorbei, um ihn noch vor den Stromschnellen abzufangen. Ich suchte nach den Stecken, die wir für solche Fälle am Ufer liegen hatten. Sie waren zugeschneit. Als ich endlich einen gefunden hatte, erschien Claßen auf der Böschung. Er schrie:

«Leo , wenn euch der Ball forttreibt, müßt ihr dafür bezahlen.» Die Jungs, die bei ihm standen, lachten. Um den Ball zum Ufer zu lenken, schlug ich mit dem Stecken ins Wasser. Es war klar, daß ich an den Ball nicht mehr herankommen würde. Nur weil Claßen brüllte, stocherte ich noch weiter. In diesem Moment sah ich den Hut im Wasser, Lias Hut, Lia zog sich den Schlapphut immer bis über die Ohren, man sah kaum noch etwas von ihrem Gesicht mit den lustigen Augen. Ich versuchte, ihren Hut aus dem Wasser zu angeln. Ich hatte alles um mich herum vergessen und wollte nur noch den Hut. Ich versuchte ihn näher ans Ufer ziehen, aber die Strömung trieb ihn immer weiter vom Ufer weg. Ich bekam ihn mit der Steckenspitze nicht aus dem Wasser gehoben, da er vollgesogen und zu schwer war, er fiel schließlich zurück und tauchte ganz unter. Dann sah ich Martin, der auf den glitschigen Steinen der Stromschnellen ausgerutscht und beinahe ins

Wasser gefallen war. Er schrie etwas, daß ich wegen des Wasserrauschens nicht verstehen konnte. Der Ball war schon an ihm vorbei, und ich suchte immer noch nach dem Hut, den ich ein paar Meter weiter flußabwärts zu sehen glaubte, als Claßen plötzlich neben mir stand, den Stecken aus meiner Hand riß, mich als Idioten beschimpfte und den Stock wütend in den Fluß warf.

Noch heute laufe ich in meinen Träumen am Ufer entlang, warte, daß Lias Hut wieder auftaucht und ich dann ihr Gesicht sehen werde.

2

Seither sind über zwanzig Jahre vergangen. Ich fahre manchmal samstags mit dem Zug nach Kall, um Mutter zu besuchen. Sie ist mittlerweile siebzig Jahre alt und lebt, seit Vater gestorben ist, in einem Altenwohnheim. Jahrelang war ich nicht bei ihr, aber seit ich mich von Hanna getrennt habe und wieder in Köln wohne, besuche ich Mutter hin und wieder. Ich weiß nicht genau, warum ich zu ihr fahre. Vielleicht tut sie mir leid, weil sie nun allein lebt, und ich denke, daß wir irgendwann alle allein sein werden. Und weil ich mittlerweile erfahren habe, wie schwer das ist. Vielleicht aber auch, weil ich hoffe, etwas von damals zu erfahren. Mutter redet nur wenig, sie fragt, wie es Hanna geht und was die Kinder machen, aber ich kann ihr nicht viel darüber erzählen. Ich glaube, daß es sie auch nicht wirklich interessiert. Ich fahre meist samstags, weil ich dann nicht arbeiten muß. Samstags sind nur wenige Reisende im Zug, Wandergruppen, die in die Eifel hinunter zu den Vulkanen und Maaren fahren. Eine schöne, rauhe, verlassene Gegend, in der ich geboren wurde und in der wir wohnten, bevor wir nach Kall umzogen. Der Zug braucht bis Kall etwa eine Stunde. Er fährt an Dörfern vorbei, an umgepflügten Rüben- und Maisfeldern. Von Überlandleitungen fliegen Starenschwärme auf, die sich jetzt im Herbst sammeln und unruhig über den Sandhalden des längst stillgelegten Bleibergwerks schwirren. Der Zug hält nur an wenigen Bahnhöfen. Jedesmal, wenn ich nach Hause unterwegs bin, habe ich den Eindruck, als würde ich in meine Vergangenheit zurückkreisen, erinnere mich an Dinge, die ich glaubte, längst vergessen zu haben, und die ich für unwichtig hielt. Von Euskirchen ist es dieselbe Strecke, die ich früher vom Abendgymnasium zurückfuhr. Ich wollte damals unbedingt Ingenieur werden und aus der Eifel wegkommen. Heute scheint mir, als hätte alles, was ich damals erträumt und gewollt hatte, keine Bedeutung mehr. Ich weiß das jetzt, aber damals wußte ich es nicht, und vielleicht ist das gut so gewesen. Kurz vor der Stadt verschwindet der Zug in einem Tunnel – so lange wie man den Atem anhalten kann, ist es stockdunkel –, und wenn der Zug den Tunnel wieder verläßt, sieht man vom höher gelegenen Bahndamm auf die Stadt. Kall war früher einmal von Bedeutung, als in unserer Gegend noch Mangan und Blei abgebaut wurden. Die Erze wurden für die Rüstungsindustrie benötigt. Nach dem Krieg wurden alle Berg- und Hammerwerke der Gegend wegen Unrentabilität geschlossen, das weitaus billigere und reinere Erz wurde nun aus Spanien, Portugal und Brasilien importiert. Kall fiel wieder in die Vergessenheit einer kleinen Provinzstadt zurück. Vom Zugfenster aus kann man auf Industrieansiedlungen am Stadtrand hinuntersehen, auf den Baumarkt, die Bergwerkssiedlungen und das große Möbelgeschäft, in dem Hilbert damals arbeitete, als er noch mit Lia verheiratet war. Die meisten öffentlichen Gebäude sind viereckige, aus Fertigbetonelementen errichtete Klötze, die aus einer Zeit stammen, als der Bruder des Bürgermeisters eine Betonfabrik besaß. Es ist, als würde man über die Dächer schweben, über kleine Geschäfte im Zentrum und über die Wirtschaft, die meine Eltern Mitte der sechziger Jahren auf Rentenbasis gepachtet hatten und nach ein paar Jahren wieder aufgeben mußten, weil nicht genügend Gäste kamen.

Schließlich fährt der Zug in den Kaller Bahnhof, der viel zu groß ist für die paar Leute, die aus- und einsteigen. Die meisten gehen zur Unterführung, durch die sie unter dem Bahnhofsgebäude hindurch in die Stadt gelangen. Ich nehme die Abkürzung über den Bahndamm, über rostige Gleise, zwischen denen verblühter Sommerflieder wächst. Am Streckenrand liegen seit Jahrzehnten Kabeltrommeln und abgebaute Schwellen. Als ich mich umblicke, fährt der Zug weiter in die Eifel, vorbei am Bahnerhaus, in dem Lia früher wohnte. Als ich noch im Zementwerk arbeitete, habe ich jeden Morgen und Abend den Pfad am Bahnerhaus vorbei genommen. Nach der Arbeit traf ich mich dann mit Martin in der Cafeteria des Supermarktes.

Wenn ich heute nach Kall komme, gehe ich erst einmal in diese Cafeteria. Sie befindet sich im Vorraum zum Supermarkt. Ich setze mich ans Fenster, bestelle einen Kaffee, sehe zum Parkplatz, wo Leute anfahren, um für das Wochenende einzukaufen. Sie steigen aus ihren Autos, laufen zu einem überdachten Unterstand, um einen Einkaufswagen zu holen, und kommen dann in den Markt. Bei einer Frau denke ich, daß sie Lia sein könnte. Ich bin ungeduldig, als würde ich schon lange auf sie warten, als bestände die Möglichkeit, ihr wirklich wieder zu begegnen.

3

Heute versuche ich zu verstehen, was an dem Abend, als ich Lias Hut im Fluß sah, passierte und was in dem vorhergehenden Jahr alles geschehen war. Damals interessierte es mich nicht, ich war siebzehn Jahre alt und dachte, daß alles nur von mir selbst abhängt und das Vorher und Nachher keine Bedeutung hat. Ich konnte mir nicht vorstellen, alt zu sein, ich dachte, alles würde so bleiben, wie es war, die Zeit schien endlos zu sein, bis zu einer Grenze, hinter der die Erwachsenen lebten, auch Lia. Daher war das, was mit meiner Familie und mit Lia und Hilbert geschah, in diesen Jahren für mich nicht wichtig. Später wollte ich nichts mehr mit den Leuten von damals zu tun haben, irgendwie gab ich ihnen die Schuld an meinem verkorksten Leben. Jetzt, da ich älter geworden bin und diese Grenze lange überschritten habe, fällt es mir leichter zurückzudenken. Ich erinnere mich an Lia mit ihren braunen Augen, den dunklen Härchen über der Lippe. Obwohl sie nicht besonders hübsch war, gefiel sie mir. Sie war zu dieser Zeit dreiundzwanzig Jahre alt. Sie war ein Jahr älter als mein Bruder Alfons, der sie kaum kannte, weil er schon seit einigen Jahren in Flensburg beim Militär war; Alfons kam nur noch selten nach Hause. Ich glaube, er wollte nichts mehr mit uns zu tun haben. Er war nach seinem Grundwehrdienst zur Bundeswehrhochschule gegangen, um Pilot zu werden, wie sein Vater Valentin, Mutters erster Mann und große Liebe. Valentin hatte im Krieg ein Transportflugzeug geflogen. Alfons hatte ein Bild von solch einem Flugzeug über seinem Bett hängen. Man blickte in

den Flugzeugbauch, ins Cockpit, in Laderäume, Antriebs-
motoren, die aufgeschnitten waren, so daß man die Wick-
lungen und Kugellager der Rotoren und elektrische
Leitungen sehen konnte. Als ich mit Alfons ein Zimmer
teilte, träumte er oft, daß er mit seinem Vater in diesem
Flugzeug flog. Ich hab gehört, wie er nachts im Traum mit
Valentin sprach, daher weiß ich, wie wichtig es ihm war,
Pilot zu werden. Er redete immer davon, und er war,
anders als ich, sehr gut in der Schule. Mutter hatte nach
Valentins Tod nochmals geheiratet, und mit diesem Mann
sind wir von ihrer Heimatstadt Prüm nach Kall gezogen.
Mutter hatte sich, während wir noch die Wirtschaft besaßen, ständig mit Vater gestritten. Wenn er von Montage
kam, stellte er sich hinter die Theke, schickte Mutter nach
oben und besoff sich. Wenn er Schnaps trank, wurde er
besonders aggressiv. Er hielt alle Gäste aus, grölte herum.
Es kamen zu solchen Anlässen viel mehr Leute als üblich.
Es war, als röchen sie, daß es etwas umsonst gab. Vater
wankte zur Musikbox und wählte *Yesterdayman*. Wenn die
letzten Gäste gegangen waren, ließ er das Lied durch das
Haus dröhnen. Er trat, wenn es zu Ende war, gegen die
Musikbox, die Nadel ratschte über die Scheibe und fing
wieder von vorne an. Schließlich war er vollkommen besoffen, törkelte nach oben. Da Mutter die Schlafzimmertür
nicht öffnete, trat er sie ein. Er verprügelte Mutter, brüllte,
sie treibe es mit jedem in der Stadt, sie sei eine Hure und
Drecksau. Wenn Alfons damals zu Hause gewesen wäre,
hätte er es nicht gewagt, Mutter zu schlagen; er hätte nur
oben vor dem Fernseher gesessen und getrunken. So aber
machte er alles kaputt, was er in die Hände bekam, schleuderte das Telefon auf den Boden, riß eine Klappe von der
Kühltruhe, zertrümmerte die Flurlampe. Einmal, als er Mutter zu fassen bekam, schlug er sie und stieß sie die steile

Treppe zum Bierkeller hinunter, deren Kanten abgewetzt waren von heruntergerollten Bierfässern. Mutter blieb besinnungslos auf dem dreckigen Steinboden liegen, ihr Rock war hochgerutscht, und man konnte ihre weißen Oberschenkel sehen. Sie sah für einen kurzen Moment nicht aus wie meine Mutter, sondern wie eine fremde ältere Frau. Marmeladengläser, die auf dem Sims gestanden hatten, waren auf die Treppenstufen gefallen und zerbrochen, die Marmelade tropfte über die Stufen. Vater glotzte entgeistert die Treppe hinunter, dann knallte er die Tür zu, krakeelte und polterte weiter durch das Haus, bis er irgendwann in einer Ecke zusammensackte und einschlief.

Ich kannte Lia aus dieser traurigen Zeit. Sie paßte damals auf meine kleinen Geschwister auf und half Mutter bei Hochzeitsfeiern und Beerdigungskaffees. Lia war in der achten Klasse von der Schule abgegangen, sie war nicht der Typ, der den ganzen Tag herumsaß. Sie hatte ein paar Jahre in einem der kleinen Betriebe im Industriegebiet gearbeitet. Sie erzählte Mutter, daß sie als Au-Pair-Mädchen nach Amerika gehen wolle. Mutter kam mit Lia sehr gut aus, sie waren trotz des Altersunterschiedes Freundinnen. Lia wohnte bei uns in einem Fremdenzimmer über dem Saalanbau, die Zimmer standen ohnehin immer leer. Ihres lag zur Urft hin, weil sie das Murmeln des Wassers so gerne hörte. Meine Schwestern schliefen manchmal bei ihr. Sie las ihnen abends vorm Zu-Bett-Gehen Geschichten vor, nachmittags spazierte sie mit ihnen zur Urft und baute Schiffchen, die sie den Fluß hinuntertreiben ließen, oder sie saß auf den Stufen, die vom Garten hinunter zum Ufer führten. Der Fluß schlängelte sich vom Wehr aus, hinter dem Supermarkt vorbei, durch den Ort. Er war wie eine große silberne Schlange, die durch die Gärten hinter den Häusern kroch. Lia erzählte, daß sie früher bei Hochwasser mit einem selbstgebauten Floß vom Wehr aus flußabwärts bis zum Schwemmland hinter dem Sportplatz gefahren waren. Morgens weckte sie meine Schwestern, bereitete ihnen Frühstück und brachte sie zum Kindergarten. Später verschwand sie für ein paar Jahre mit einem der Verkäufer, die eine Zeitlang unseren Saal gemietet hatten. Mutter nannte die Leute verächtlich Deckenverkäufer, sie organisierten Kaffeefahrten und drehten den alten Leuten unnutzes Zeug an. Mutter war das Geschäft mit den Deckenverkäufern unangenehm. Sie hatte nie gedacht, daß sie so etwas einmal nötig haben würde. Mutters Eltern hatten eine Wirtschaft und ein Cafe mit einer Konditorei in Prüm gehabt. Sie waren dort angesehene Geschäftsleute. Das Geschäft und das Haus und alles übrige hatte ihr Bruder geerbt, obwohl er der jüngere gewesen war. Sie erzählte immer mit einer gewissen Bitternis, daß sie das zerstörte Haus nach dem Krieg aufgebaut und die Geschäfte geführt hatte, bis ihr Bruder aus russischer Gefangenschaft zurückkam und sich ins gemachte Nest setzte. Der habe ein Jahr, ohne ein Wort zu sprechen, in der Küche gesessen. Jedesmal, wenn Mutter mit Oma telefonierte, machte sie Andeutungen darüber, und am Ende lief es immer auf Vorwürfe und Streit hinaus.

Während Lia morgens die Küche und das Lokal aufräumte, lag Mutter noch im Bett, es wurde abends meist sehr spät wegen betrunkener Kerle, die mit ein paar Bier die ganze Nacht an der Theke standen, sich weigerten zu gehen, wenn Mutter Feierabend machen und die Wirtschaftstür abschließen wollte. Als Lia meine Schwestern zum Kindergarten gebracht hatte, ging sie nach oben, um Mutter zu wecken. Mutters Kopf lag auf einem angewinkelten Arm, ihr dickes kastanienrotes Haar war zerzaust, unter der Zimmerdecke flimmerten die Wellen des Flusses, auf dem Nachttisch stand eine Fotografie von Vater in einem Piratenkostüm mit Kopftuch und großen Ohrringen, ein Foto, das noch in Prüm gemacht worden war. Vater sah darauf aus wie Errol Flynn in einem Film, kühn und verwegen und mit stechenden verträumten Augen, aber in Wirklichkeit war Vater ängstlich und unsicher. Oma meinte, daß er Mutter in der Hoffnung geheiratet habe, sie würde das Haus und den Betrieb in Prüm erben. Sie hielt ihn für einen Filou aus der Stadt, der nichts gelernt hatte und sich in ein gemachtes Nest setzen wollte. Ich glaube nicht, daß das stimmte, ich glaube, daß er Mutter wirklich liebte, auch wenn es oft nicht so aussah. Das Fenster war geöffnet, und man hörte eine Wasseramsel am Fluß singen. Lia weckte Mutter vorsichtig und ging zum Fenster und sah über den verwilderten Garten zur Urft hinunter, während Mutter sich hinter ihr im Bett räkelte.

Als Mutter nach unten kam, hatte Lia schon Kaffee aufgebrüht. Mutter hatte den Morgenmantel nicht ganz zugeknöpft, so daß man stecknadelkopfgroße Sommersprossen auf ihren Brüsten sehen konnte. Sie fragte, ob die Wirtschaft schon geöffnet sei. Lia mußte eingestehen, daß sie vergessen hatte aufzuschließen; sie lief durch die Wirtschaft zur Eingangstür. Mutter hatte es nicht gern, wenn Öffnungszeiten nicht eingehalten wurden. Sie meinte, wenn die Gäste einmal vor verschlossener Tür ständen, kämen sie nachher überhaupt nicht mehr, und das könnten wir uns nicht erlauben. Wir hatten damals nicht genug Geld, und das war auch der Grund, warum wir den Saal an die Deckenverkäufer vermieteten.

An einem dieser Tage fand Lia den alten Hut von Mutter auf dem Speicher in einer Truhe und kam damit in die Küche. Sie hatte den Hut aufgesetzt und sagte, sie fände ihn wunderschön, sie wollte immer schon so einen Hut haben. Sie tanzte damit in der Küche herum, wobei der Staub auf dem Hut sich löste und wie ein Schleier im Sonnenlicht aussah. Mutter machte ein nachdenkliches Gesicht, während Lia sich immer noch drehte und sich selbstgefällig in Vaters Rasierspiegel betrachtete. Sie war ganz begeistert von dem Hut und fragte, ob sie ihn haben könne. Mutter sagte, es hingen viele Erinnerungen daran.

«Was denn für Erinnerungen?»

«Ich hab den Hut mal von jemandem geschenkt bekommen, der mir sehr wichtig war.» Lia wollte mehr darüber wissen, aber Mutter erzählte nichts, vielleicht, weil ich dabei war. Aber Lia fragte so lange, bis Mutter sagte:

«Na ja, nimm ihn und werd glücklich damit.» Mutter hatte Wichtigeres im Kopf als diesen Hut, sie machte sich Sorgen, weil die Busse mit den alten Leuten, die zu den Verkaufsveranstaltungen kamen, noch nicht eingetroffen waren. Die Deckenverkäufer kamen die erste Zeit dreimal in der Woche mit Bussen voller alter Leute, die oft nicht einmal wußten, wo sie hingefahren waren. Sie liefen verwirrt durch den Ort, so daß ich sie mit Lia suchen gehen mußte. Mutter wunderte sich schon darüber, daß in den letzten Wochen immer weniger Busse kamen. Sie fürchtete, die Busse würden bald ganz ausbleiben, was ein paar Monate später auch geschah und uns den finanziellen Todesstoß versetzte. Deswegen war Mutter auch später nicht mehr gut auf Lia zu sprechen. Sie sagte, daß Lia davon gewußt und uns mit den Deckenverkäufern hintergangen habe.

Im Saal hatte Lia bereits alles vorbereitet, die Tische waren eingedeckt, die Kuchen standen auf dem Büfett. Während Mutter in der Küche hantierte und uns den Rücken zuwendete, setzte sich Lia zu mir auf die Küchenbank. Sie schob mich mit dem Hinterteil ein wenig zur Seite, damit ich Platz machte. Sie trug immer noch den komischen Hut, von dem Staubfäden herabhingen. Es war ein Schlapphut aus seidigem Filz mit einer breiten Krempe. Lia roch nach Zitronencreme, sie zwinkerte mir zu und fragte leise, ob sie mir in dem Hut gefalle. Ich schüttelte den Kopf und sagte, daß Ding sähe blöde aus, aber in Wirklichkeit gefiel sie mir mit dem Hut, eigentlich gefiel sie mir immer, ganz gleich, was sie machte und trug. Ich hatte immer das Gefühl, daß wir Verbündete waren, ich war stolz, Geheimnisse mit ihr zu haben. Ich beobachtete sie abends heimlich in ihrem Zimmer. Ich war sicher, daß sie es wußte. Ich hatte gesehen, wie der Deckenverkäufer zu ihr gekommen war, sie umarmt und geküßt hatte. Lia war die erste Frau, die ich nackt gesehen hatte. Mutter ging unruhig in der Küche umher, sie brauchte unbedingt die Einnahmen aus den Verkaufsveranstaltungen, um die Pacht zu bezahlen. Sie guckte aus dem Fenster zur Straße, die hinüber zum Supermarkt führte. Unser Haus lag mitten in der Stadt, nicht weit vom Bahnhof und der Urftbrücke entfernt. Vor der Urftbrücke war der Parkplatz des Einkaufsmarktes, und auf der Rückseite des Hauses floß die Urft. Mutter war nicht gerne nach Kall gezogen, einen Ort, wo es nur alte zugeschüttete Bergwerke, Sandhalden und Kalkstaub gab. Wie Nomaden waren wir zehn Jahre durch die Eifel gezogen, hatten höchstens zwei oder drei Jahre in einem Ort gelebt, um dann wieder umzuziehen, in einem anderen Dorf eine Wirtschaft zu pachten. Warum mußte es uns ausgerechnet nach Kall verschlagen? Es war überall schöner gewesen. Warum mußte Vater in der Zeitschrift für Gastronomie die Anzeige von Höffner: *Gutgehende Wirtschaft mit Saal auf Rentenbasis zu kaufen* lesen und auf die fixe Idee kommen, dies sei das Geschäft unseres Lebens? Er dachte, Höffner würde nur noch ein paar

Jahre leben und wir könnten so lange eine hohe Pacht bezahlen. Alles Geld, das meine Eltern gespart hatten, mußten sie abheben und zusätzlich einen Kredit aufnehmen, um die Anzahlung aufzubringen.

Während Mutter vor dem Fenster stand und nach draußen sah, zwinkerte Lia mir zu und streichelte über meine Wange. Es gefiel mir nicht, daß sie mich wie ihren kleinen Bruder behandelte und an mir herumtätschelte. Als Mutter sich wieder zu uns setzte, versuchte Lia, sie zu beruhigen. Sie nahm Mutter in den Arm und sagte:

«Die kommen schon noch, Sanny.» Etwas später holte Martin mich zum Training ab. Wir spielten damals noch in der Schülermannschaft. Jeden Tag waren wir auf dem Fußballplatz, wir machten nichts anderes, selbst im Dunkeln spielten wir, als könnten wir den Ball riechen.

Als ich vom Training zurückkam, standen die Busse vor unserer Wirtschaft. Die alten Leute saßen im Saal, und Lias Deckenverkäufer stolzierte über die Bühne. Seine Augenlider zuckten ständig. Wenn er einen anblickte, meinte man immer, er würde einem zuzwinkern. Mit süßlicher Stimme präsentierte er Bettdecken, Heizkissen, Kaffeeservices und Bestecke. Er nötigte die alten Leute, etwas zu kaufen, indem er ihnen Fotografien mit Milben zeigte, groß wie Igel, die über Bettdecken krabbelten. Er schwafelte von Krankheiten, machte billige Witze und deutete an, diejenigen, die nichts kaufen würden, dürften nicht im Bus mit nach Hause fahren. In der Pause spielte Mutter auf der Bühne Klavier, und Lia servierte. Mutter gab Operetten- und Volkslieder zum besten, die den alten Leuten sehr gut gefielen. Sie tanzten, und man hatte den Eindruck, daß sie für einen Moment wieder jung geworden waren. Man hörte das Klavierspiel und Mutters Gesang bis in die Wirtschaft, wo Hilbert an der Theke saß. Er war damals siebenundzwanzig Jahre alt, seine Eltern waren schon seit fast zehn Jahren tot. Sie hatten sich mit Tabletten vergiftet. Hilberts Eltern waren in Kall sehr angesehen gewesen. Sein Vater hatte eine kleine Anwaltspraxis in der Bahnhofstraße gehabt. Niemand wußte genau, warum sie sich umgebracht hatten. Der Tod seiner Eltern hatte ihn aus der Bahn geworfen, und es dauerte einige Jahre, bis er sich wieder gefangen hatte. Er war vielleicht etwas sonderbar geworden, aber ein gutmütiger Kerl, von dem man alles haben konnte. Hilbert hatte die Realschule absolviert und danach als Verkäufer im Möbelhaus angefangen. Er war ein guter Verkäufer, weil er gleich sah, was die Leute wirklich wollten und wieviel Geld ihnen tatsächlich zur Verfügung stand. Hilbert kam nur wegen Lia in unsere Wirtschaft. Meist am späten Nachmittag, wenn er genug verkauft hatte, oft war er unserer einziger Gast. Lia stand manchmal hinter der Theke und redete mit Hilbert. Es schien, daß ihn das allein schon glücklich stimmte, auch wenn sie sich lustig über ihn machte.

Als der Bus mit den Leuten abgefahren war, saß Hilbert einsam in der Wirtschaft. Er hatte gehofft, daß Lia zu ihm kommen würde, er war betrunken, ich hörte, wie Mutter mit ihm über Lia redete und ihn zu trösten versuchte. Ich mußte im Saal die Tische abdecken und fegen und alles für die nächste Veranstaltung herrichten. Ich ärgerte mich, daß die Arbeit an mir hängenblieb. Ich war in dieser Zeit unausstehlich, mit allem unzufrieden, regte mich schnell auf und brüllte wegen jeder Kleinigkeit herum. Ich hatte vor, vom Gymnasium abzugehen, hatte keine Lust zu lernen; alles, was mit Schule zusammenhing, langweilte mich, und ich hielt es für sinnlos und überflüssig. Ich wollte nur herumhängen, Musik hören und Fußball spielen. Ich hatte überhaupt keine Lust, den Saal aufzuräumen, nicht mal

Lia half mir, sie hatte sich an diesem Abend freigenommen und trieb sich mit ihrem komischen Deckenverkäufer herum.

4

Ein paar Monate später ließ Höffner Mutters Klavier abholen, weil wir die Pacht nicht mehr bezahlen konnten. Das Klavier war das einzige, was Mutter noch aus ihrem Elternhaus geblieben war. Sie hatte als Kind auf diesem Klavier spielen gelernt. Ich hatte oft im leeren Tanzsaal gesessen, wenn sie auf der Bühne spielte und dabei sang: *Ich bin nur ein armer Wandergesell, gar dünn ist mein Wams und gar dick ist mein Fell. Gute Nacht liebes Mädel gut Nacht. Und oftmals, da dacht ich, ich packe das Glück, doch immer zog's mir die Patschhand zurück. Gute Nacht liebes Mädel gut Nacht.* Sie hatte eine schöne Stimme, die sich so weich anhörte wie ein Seidentuch, das durch die Luft schwebt. In ihrer Jugend hatte sie in ihrer Heimatstadt im Konvikt und in der Basilika richtige Konzerte gegeben. Alle hatten damals gesagt, sie sei sehr begabt und müsse aufs Konservatorium gehen. Aber es war alles anders gekommen. Einmal sagte sie, daß die Liebe einen dazu bringt, die unsinnigsten Wege zu gehen, und dann wird man von ihr verlassen und steht alleine und weiß nicht einmal mehr, wo man ist.

Die Klaviersaiten klimperten, als Männer das schwere Instrument von der Bühne hievten, es durch die Wirtschaft nach draußen schleppten, wo Höffner Zigarre paffend dastand und zusah, wie das Klavier über Bolen auf einen Traktoranhänger geschoben wurde. Höffner war ein glatzköpfiger kleiner Mann mit einem hexenhaften Geizkragengesicht. Mutter stand mit ihm hinter dem tuckernden Traktor. Sie trug eine Sonnenbrille. Vater war in letzter Zeit unerträglich geworden; wenn er von der Montage kam, gab es immer Streit. Er war krankhaft eifersüchtig, wenn er getrunken hatte. Mutter gab ihm heimlich ein Brechmittel in den Alkohol, aber er hörte nicht auf zu trinken und kotzte uns das Haus voll. Ich konnte nicht hören, was Mutter zu Höffner sagte, ich vermute, daß sie ihn bat, die Pacht nochmals zu stunden. Höffner schüttelte nur den Kopf, sah sie abschätzend und begehrend an und machte eine Bemerkung, worauf sie ihm ins Gesicht schlug. Sie schlug so schnell zu wie eine Schlange, die nach Beute schnappt, und er war völlig überrascht und machte eine Miene wie ein kleines Kind, das wegen einer Unartigkeit eine Ohrfeige bekommen hat. Die Zigarre war ihm dabei hingefallen. Man konnte die Abdrücke von Mutters Fingern auf seiner Wange sehen. Die Arbeiter hatten es mitbekommen und grinsten, worauf er sie anschrie, sie sollten nicht so blöd gucken, sondern ihre Arbeit machen. Mutter lief ins Haus. Als ich zu ihr kam, war ihr Gesicht noch rot von der Aufregung, sie nahm mich in den Arm und sagte, daß ihr das gutgetan habe und daß sie das viel früher hätte machen sollen. Sie redete davon, daß wir die Wirtschaft jetzt endgültig aufgeben müßten und daß es vielleicht besser so sei.

Als wir ein halbes Jahr später umzogen, luden wir unseren Hausrat auf eine VW-Pritsche. Vater hatte sich den Wagen für den Umzug von seinem Chef ausgeliehen. Wir transportierten unsere Sachen zu einer Wohnung am anderen Ende von Kall. Wir mußten mit der Pritsche durch die Stadt und ein Stück die Straße nach Schleiden hinauffahren. Meine Eltern hatten die Wohnung Hals über Kopf gemietet. Für diese Wohnung sprach einzig und allein, daß sie billig war und groß genug für unsere sechsköpfige Familie. Mutter bestand darauf, daß Alfons auch ein Zimmer erhielt, obwohl er gar nicht mehr nach Hause kam. Der Umzug erschien mir wie eine Flucht, ich verstand nur nicht, warum wir überhaupt in Kall blieben. Wir hätten überall hinziehen können. Manchmal hörte ich meine Eltern nachts im Bett reden, ihre Stimmen wurden immer lauter, und irgendwann stritten sie sich, Türen wurden geschlagen, und im Flur ging das Licht an. Es schien eine aussichtslose Situation zu sein. Ich wäre gerne weggegangen, in eine andere Stadt, wo uns niemand kannte. Mutter wollte in ihre Heimatstadt zurück. Aber Vater lehnte das ab; Prüm sei der letzte Ort, an den er zurückgehen wolle, er wollte da bleiben, wo er war, alles andere war ihm mit zu viel Arbeit und Unannehmlichkeiten verbunden – ihm konnte es auch egal sein, da er so gut wie nie zu Hause war und keine Freunde und Bekannten hatte, vor denen er sich rechtfertigen mußte. Wir fuhren also mit dem Pritschenwagen, auf den wir unsere Sachen gepackt hatten, von einem Ende von Kall zum anderen Ende, schleppten Mobiliar und Kisten die Treppe zur Lagerterrasse hinauf und fuhren wieder zurück, um die nächste Fuhre aufzuladen. Fünf- oder sechsmal machten wir das. Aber die meisten Sachen ließen wir doch zurück. Mutter wollte vieles nicht mehr haben: Fotografien, die sie als junge Frau vor dem Geschäft ihrer Eltern an der Spiegelstraße zeigten, Postkarten von Prüm, Briefe, Klaviernoten und Kleider, die sie früher gerne getragen hatte. Ich glaubte, sie meinte auf diese Weise mit ihrem vorherigen Leben Schluß machen zu können. Höffner ließ später alles, was wir zurückließen, auf die Müllkippe bringen und verbrennen. Als wir um die

Mittagszeit mit der Pritsche am Gemeindeamt vorbeikamen, war dort eine kleine Hochzeitsgesellschaft. Es waren Lia und Hilbert, die auf dem Standesamt heirateten. Mutter bat Vater, langsamer zu fahren. Sie blickte an mir vorbei durch das Seitenfenster der Pritsche zu der Hochzeitsgesellschaft und schüttelte empört den Kopf. Lia war vor ein paar Jahren mit einer kleinen Tochter nach Kall zurückgekommen. Mutter hatte ihr nie verziehen, daß sie damals mit dem Deckenverkäufer weggegangen war, ohne etwas zu sagen. Sie redete nicht mehr mit ihr. Ich sah Lia hin und wieder mit ihrer kleinen Tochter Clara in der Stadt. Lia könne sich jetzt freuen, jemanden wie Hilbert zu bekommen, jemanden, über den sie sich früher immer lustig gemacht habe, sagte Mutter voller Schadenfreude. Der Musikverein spielte. Die große Tuba, Trompeten und Posaunen blinkten in der Sonne. Lia trug ein weißes Kleid und Mutters Hut, sie stellte sich mit Hilbert in Positur, als ein Fotograf Bilder machte. Elisabeth, Lias Mutter, bot den Hochzeitsgästen Sekt an. Sie ging mit einem Tablett von Gast zu Gast und sprach mit jedem ein paar Worte. Sie war immer dagegen, daß Lia bei uns bedient hatte und Hausmädchen gewesen war. Sie wollte immer etwas Besseres für ihre Tochter, hatte Mutter bitterste Vorwürfe gemacht, als Lia mit dem Deckenverkäufer verschwunden war. Lia war fast drei Jahre mit den Deckenverkäufern herumgereist. Als sie wiederkam, lebte sie die erste Zeit mit Clara bei ihren Eltern, und irgendwann war sie in Hilberts Wohnung umgezogen.

Lia lächelte und küßte Hilbert, sie sah hübsch aus, ich erinnerte mich daran, wie ich vor Jahren in der Küche neben ihr gesessen hatte, und glaubte den Zitronencremegeruch ihrer Haut noch riechen zu können. Ich beneidete Hilbert ein wenig. Ein kleiner dicker Junge, der zur Verwandtschaft gehörte und einen frackähnlichen Anzug trug, balancierte auf einem bemoosten Kalksteinfelsen, den man auf den Platz vor dem Gemeindeamt in der Nähe eines Teiches gesetzt hatte. Neben dem Felsen war auch das Stück eines Römerkanals, den unser Bürgermeister dort hatte aufstellen lassen und in dem wir früher immer hockten, um heimlich zu rauchen. Clara saß in einem Buggy. Da sie unruhig war und anfing zu plärren, holte Lias Vater sie auf den Arm, schaukelte sie und bewegte sich tanzend mit ihr im Takt der Blasmusik. Einige Hochzeitsgäste sahen zu unserer Pritsche hinüber, und ich hätte mich am liebsten unter den Sitz verkrochen, so sehr schämte ich mich. Mutter sagte spöttisch, wahrscheinlich habe Lia keinen anderen Doofen gefunden und heirate ihn nur, weil sie einen Vater für Clara brauchte. Ich glaube, Mutter war damals nicht so sehr wütend auf Lia, sondern auf ihr eigenes verpfuschtes Leben. Wir störten sie alle irgendwie oder hielten sie fest, aber sie wußte wohl nicht, daß wir sie festhielten. Ich wäre ihr nicht böse gewesen, wenn sie damals gegangen wäre, wir wären auch allein irgendwie zurechtgekommen. Wir brauchten fast ein Jahr, bis wir uns an die neue Wohnung gewöhnt hatten. Diese Wohnung, wenn man sie so bezeichnen will, befand sich in einem zweistöckigen, im Rohputz stehenden Lagerhaus mit Schaufenstern, hinter denen aus der Mode gekommene Küchengeräte und Gerümpel standen. Im Winter war es in der Wohnung eisigkalt, die meiste Zeit funktionierte die Heizung nicht, und wir hockten vor dem Kohleofen im Wohnzimmer. Wenn man Waschmaschine und Elektroherd gleichzeitig anschaltete, flog die Sicherung heraus. Nachts hörte ich Mäuse im Lager neben unserer Wohnung scharren und pfiepen, wenn ein Iltis ihre Nester ausräuberte. Dann kam ein Sommer, der sehr warm war, und wir saßen oft auf der

Terrasse vor unserer Wohnung. Ich war vom Gymnasium abgegangen, was ich schon wieder bereute. Es war das letzte Jahr meiner Kindheit, danach war alles ganz anders. Ich arbeitete im Zementwerk in einem Nachbarort. Ich hatte begriffen, wie hart es ist, zu arbeiten und sich von jedermann etwas sagen lassen zu müssen. Ich hatte, außer mit Martin, mit keinem meiner früheren Freunde mehr Kontakt, es war mir unangenehm, mit ihnen zusammenzusein und Rechenschaft darüber abzulegen, daß wir kein Geld hatten und in einer heruntergekommenen Wohnung leben mußten. Sachen, über die ich nichts sagen konnte, da ich sie selbst nicht richtig verstand. Lia war jetzt schon einige Jahre mit Hilbert verheiratet. Sie lebten noch in der Wohnung von Hilbert. Die Wohnung befand sich mitten in der Stadt über dem Drogeriemarkt. Lia begegnete mir hin und wieder in der Stadt, aber ich sprach nicht mit ihr.

5

Morgens früh steht Sanny auf, um mit dem Bus zur Arbeit in die Werkskantine von Dörries zu fahren. Sie arbeitet dort, seit sie mit ihrer Familie in der Wohnung am Lager wohnt. An manchen Tagen kellnert sie abends in der Wirtschaft, die früher ihr gehört hatte. Effers, der neue Besitzer, war eines Tages vorbeigekommen, um zu fragen, ob sie ihm helfen könne. Als er sagte, Höffner habe ihn geschickt, wollte Sanny gleich ablehnen. Aber Effers hatte eine Art, die sie für ihn einnahm, und außerdem brauchten sie das Geld, jeden Pfennig benötigten sie, um die Schulden bei der Bank zu bezahlen. Effers war groß und korpulent, und in seiner Jugend war er bestimmt ein schöner stattlicher Mann gewesen. An den Händen fehlten ihm, bis auf die Stummel von Daumen und kleinem Finger, alle Glieder. Als er bemerkte, daß Sanny darauf sah, versuchte er nicht, die Hände zu verstecken, sondern sagte, daß er die Finger bei einem Arbeitsunfall verloren habe, eine Schneidpresse sei ihm draufgefallen.

«Ich hab's gar nicht gemerkt, so schnell ging das.» Er lachte dabei und sah Sanny fragend an. «Ich will mich noch nicht ganz zur Ruhe setzen und hab mich deswegen entschlossen, die Wirtschaft zu kaufen. Aber ich habe keine Ahnung, wie man eine Wirtschaft führt. Ein Mann ohne Finger ist nicht mehr zu so vielen Sachen zu gebrauchen. Ich dachte, Sie helfen mir ein wenig.»

Die erste Zeit ist es ungewohnt für Sanny, als Angestellte in ihrer früheren Gaststätte zu arbeiten. Aber Effers kehrt nicht den Chef heraus und fragt sie um Rat, wenn es um Bestellungen oder das Verhalten bestimmter Gäste geht, er bringt sie abends, wenn es spät geworden ist, mit dem Auto nach Hause. Wenn sie nach Hause kommt, schmerzen ihre Beine, und sie hat getrunken. Sie nimmt Leo in den Arm, küßt ihn, redet viel mehr als sonst, sie hat Angst einzuschlafen, wegen der Träume, und sie bittet Leo, am Bett sitzen zu bleiben und ihre Hand zu halten. Sie sagt, daß sie nichts erreicht hätten, ihr Leben nun fast vorbei sei.

«Es tut mir leid, daß ihr darunter leiden müßt. Aber ich glaube, daß Geld und Erfolg nur denen zufällt, die es wirklich wollen, die es hochhalten, es ist wie eine Macht, die von innen nach außen dringt und sich schließlich durchsetzt. Niemand von uns ist so ein Mensch. Ich dachte, du bist so jemand, aber es scheint, als wärst du nach mir gekommen.» Sie lächelt und sieht Leo an und streicht mit den Fingern über seine Wange und denkt, daß er immer mehr seinem Vater gleicht. Die Tür vom Schlafzimmer steht auf, sie sieht den schmalen Flur hinunter bis zur Wohnzimmertür, wo das Licht vom Fernseher durch die Milchglasscheiben schimmert. Sie bittet Leo, zu gehen und die Tür zu schließen, sie ist müde, will endlich schlafen. In der Nacht träumt sie von Valentin. Sie fahren von Birresborn, wo Valentins Verwandtschaft lebt, nach Prüm zurück. Während der Fahrt betrachtet sie Valentin, seine schönen breiten Lippen und die weißen geraden Zähne, die schwarzen Haare mit den Wirbeln unter der Stirn, unzähmbare Wirbel, wie Alfons sie geerbt hat. Der Borgward gleitet über die Straße, als würden sie schweben. Die Scheinwerfer des Autos streifen über reifbedeckte Felder, Eiskristalle glitzern in der Dunkelheit. Viele Häuser in den Dörfern sind noch zerstört. Manchmal hört man von Bauern, die während der Feldarbeit auf Granaten gefahren sind und von denen man nach der Explosion nichts mehr außer ein paar Stoffetzen gefunden hat. Sie hat den Kopf an Valentins Schulter gelegt und schläft, und als sie wach wird, ist sie aus dem Auto geschleudert worden, Valentin ist im brennenden Wagen hinter dem Steuer eingeklemmt, er regt sich nicht, auch als sie an ihm rüttelt und schreit. Sie hat Angst, daß der Wagen explodiert. Sanny wird immer an dieser Stelle wach, als wäre ihr Leben danach zu Ende gewesen. Es ist vier Uhr in der Früh. Schmitz, der Nachbar, ist schon zur Arbeit gefahren. Auf dem Nachbargrundstück stehen alte Autos, die mit leeren Flaschen vollgestopft sind. Schmitz ist morgens oft so betrunken, daß er in den falschen Wagen einsteigt und ihm beim Öffnen der Tür die Flaschen entgegenklappern. Bobby läuft auf der Terrasse herum, er kläfft immer, wenn die Zeitung von der Straße hochgeworfen wird. Man kann niemanden zumuten, die steilen Treppen bis zur Terrasse hinaufzuklettern. Wenn Bobby die Zeitung wenigstens zur Tür brächte, aber er besabbert und zerkratzt sie nur. Als er noch kleiner war, hat er sie oft zerrissen. Bobby ist bei ihnen, seit sie im Lager wohnen. Die Mädchen wollten den Hund unbedingt haben. Sie hatten ihren Vater überredet, einen Hund aus dem Versandhauskatalog zu bestellen. Er braucht sich ja nicht um das Tier zu kümmern, ist meist auf Montage, weiß nicht, wieviel Arbeit so ein Tier macht. Bobby war winzig wie eine Stoffpuppe, als er vom Postboten gebracht wurde, in einem perforierten Karton, hatte in seinen Exkrementen gelegen, Würmer hatte er gehabt. Sanny mußte ihn mühsam aufpäppeln. Als er noch klein und niedlich war, kümmerten sich die Mädchen um ihn. Jetzt hatten sie anderes im Kopf, würden ihn glatt verhungern lassen. Sanny steht auf, als Bobby wegen des Zeitungsboten kläfft. Sie nimmt ihre Kleider von der Stuhllehne, es ist kalt und klamm im Schlafzimmer, und sie bekommt Gänsehaut, während sie sich anzieht. Leo wälzt sich im Nebenzimmer im Bett, er hustet, er hat immer etwas an den Bronchien, fast den ganzen Winter hindurch. Sie weckt ihn erst, kurz bevor sie das Haus verläßt. Im Flur stehen Leos dreckige Fußballschuhe. Sanny hat ihm schon so oft gesagt, daß er sie wenigstens auf Zeitungspapier stellen soll. Aber er hört nicht, und wenn sie es nochmals sagt, weil er partout nicht reagiert, schreit er herum, daß er nicht blöd sei und es schon machen werde. Im Bad schaltet sie den Boiler ein. Es dauert lange, bis das Wasser lauwarm ist. Hinter der Tür hängt ihr Bademantel, und in der Wanne liegt Spielzeug von den Mädchen, Spielzeug, an dem getrockneter Schaum klebt. Sie findet keine Zeit für den Haushalt, und sie ist auch nicht gewöhnt, einen Haushalt in Ordnung zu halten, sie hat immer jemanden für diese Sachen gehabt. Früher in Prüm hatten sie mehrere Dienstmädchen, und später war auch immer jemand da, der ihr diese Arbeit abgenommen hatte. Sie fährt sich mit beiden Händen durchs Gesicht. Effers hat letzte Woche zu ihr gesagt, daß er niemals eine so hübsche Frau gesehen habe. Sie war so überrascht, daß sie nichts darauf antworten konnte. Er hatte in der Küche auf der Bank gesessen und ihr bei der Küchenarbeit zugesehen und war kurz darauf wieder in der Wirtschaft verschwunden. Sanny bindet ihr Haar mit einem Gummiband zusammen, bevor sie sich wäscht und das Gesicht eincremt. Sie ist froh, eine halbe Stunde für sich zu haben, sich zurechtzumachen und die Zeitung in Ruhe durchblättern zu können. Bobby wartet schon draußen vor der Terrassentür, springt an ihr hoch, als sie die Tür öffnet, umkreist sie, jault und wedelt mit dem Schwanz.

«Warum bringst du blöder Hund die Zeitung nicht wenigstens bis zur Tür», sagt sie. Bobby blickt sie mit großen Augen an. Von der Terrasse aus sieht man ins Tal nach Kall hinunter. Die Häuser liegen unter dem Nebel, als existierte die Stadt nicht, als gäbe es nur bewaldete Berge und die roten Sandsteinfelsen an der Straße nach Gemünd. Als Sanny gefrühstückt hat, weckt sie Leo, er muß jetzt aufstehen, sonst kommt er zu spät zur Arbeit. Leo ist groß geworden, fast schon ein erwachsener Mann, sein Haar ist fettig und zu lang für die dreckige Arbeit im Zementwerk. Staubige Arbeitskleider liegen auf dem Boden, auf dem Schreibtisch steht ein Kofferradio, aufgeschlagene Schulbücher und Hefte liegen herum. Seit er das Abendgymnasium besucht, lernt er bis spät in die Nacht. Vielleicht wird ja doch was aus ihm, denkt sie, obwohl sie nicht viel Vertrauen in seine Fähigkeiten hat. Sein Vater war ein Händler, der durch die Eifel reiste und Holz aufkaufte und nicht einmal seinen Namen richtig schreiben konnte. Sie macht das Fenster weit auf und rüttelt ihren Sohn wach.

«Steh endlich auf, Leo, und weck deine Schwestern, bevor du gehst.» Sie muß sich beeilen, der Bus kommt jeden Moment. Bobby läuft neben ihr bis zum Treppentürchen, das ihr Mann gezimmert hat. Wenn er Urlaub hat, fängt er immer an, etwas zu bauen. Bobby trägt einen Lappen im Maul, den er ihr abends, wenn sie von der Arbeit kommt, wieder vor ihre Füße legt. Sie schließt die Terrassentür hinter sich, und Bobby springt daran hoch, während Sanny die provisorische Treppe zur Straße hinuntergeht. Bobby läuft am Terrassenrand entlang und kläfft, bis der Bus, der an diesem Morgen ein paar Minuten Verspätung hat, endlich kommt. Sie setzt sich auf den erhöhten Platz an der hinteren Tür. Der Bus taucht in den Nebel, fährt nach Kall hinein über die Urftbrücke. Auf dem Parkplatz vor dem Einkaufsmarkt stehen um diese Zeit nur Autos von Verkäuferinnen und Pendlern, die mit dem Frühzug unterwegs zur Stadt sind. Die Gitter vor der Glastür in den Supermarkt sind noch abgeschlossen. Am Fenster der Cafeteria sitzen Verkäuferinnen, die vor ihrem Arbeitsbeginn frühstücken. Sanny glaubt Lia unter ihnen zu sehen. Gäste haben bei Effers an der Theke erzählt, daß Lia Hilbert verlassen hat und jetzt im Supermarkt an der Kasse arbeitet und im alten Bahnerhaus hinter dem Markt wohnt. Sanny hatte immer gewußt, daß es Lia nicht lange mit Hilbert aushalten würde. Jeder bekommt, was er verdient, denkt sie. Der Bus fährt an der Gaststätte von Effers vorbei, am Optikerladen, dem Reisebüro, am Blumenladen, schließlich halten sie am Busbahnhof und warten auf den Zug, der von Jünkerath kommt. Der Fahrer ist ausgestiegen und unterhält sich mit einem Kollegen. Leute kommen vom Bahnhof, als sie eingestiegen sind, fahren sie

34

weiter. Sie brauchen fast eine Stunde bis zur Maschinenfabrik. Es kann Sanny gar nicht lange genug dauern, sie liebt die morgendliche Fahrt zur Arbeit, sieht aus dem Fenster und hört Radiomusik. Jetzt im Februar liegen abgeschnittene Heckenzweige am Straßenrand. Nebel kriecht über Wiesen, auf Stangen inmitten der Felder hocken Bussarde. Sie sind noch abgemagert vom Winter, in dem sehr viel Schnee gefallen ist, sie kaum Mäuse gefunden haben. Am Waldrand hängen in den Zweigen Fahrradreflektoren an Fäden, sie sehen aus wie glitzernde Koboldaugen. Wenn sie durch die engen Straßen in den Dörfern fahren, kann man vom Bus aus in die Wohnstuben sehen. Hinter den Feldern liegen die Keldenicher Steinbrüche. Ihr fällt Hilbert ein, der am Abend an der Theke erzählt hatte, er würde oft mit seinem Bus dort stehen, könne es nicht mehr in seiner Wohnung aushalten. Sie möchte nicht daran denken, sie will die Fahrt genießen, danach kommt nur noch die Arbeit in der Kantine.

Sanny arbeitet wie eine Maschine, um die vierzig Hühner für den nächsten Tag vorzubereiten. Sie faßt in die eiskalten, noch nicht ganz aufgetauten Hühnerleiber, um die festgefrorenen Innereien, die in Plastiktütchen stecken, herauszureißen. Sie schneidet die Hühner mit einer Schere in Hälften, trennt die Schenkel ab. Ihre Finger sind danach zerstochen, der Handrücken zerkratzt. Es schmerzt, wenn sie mit Salz oder Pfeffer in Berührung kommen.

Nach der Essensausgabe putzt Sanny mit Martha die Küche. Martha ist eine kleine pummlige Holländerin in den Fünfzigern, sie hat kurze semmelblonde Haare und ist immer gut gelaunt. Martha redet von einem Arbeiter, der ihr gefällt und bei dem sie sich Hoffnungen macht. Die Arbeiter stehen in einer Schlange vor der Essensausgabe, die Frauen können nur die schmutzigen Männerhände sehen, wenn sie das Tablett entgegennehmen. Nach dem Essen schiebt Sanny die Reste von den Tellern in den Abfall und füttert die Spülmaschine. Sie räumen Töpfe und Pfannen in Schränke, entfernen Fett von den Herden, polieren die Cromaganflächen. Manchmal, wenn sie unvermittelt von ihrer Arbeit aufsieht, trifft sie der Blick des Kochs. Seine Lippen sind schmal, etwas getrockneter Speichel hat sich in seinen Mundwinkeln festgesetzt. Einmal hatte er Sanny in sein Büro gebeten, um den Speiseplan zu besprechen, hatte, über das Notizblatt gebeugt, gefragt, ob sie mit ihm ausgehen würde.

«Er versucht es bei jeder», hatte Martha später gesagt. «Ich habe es ihm nicht abgelehnt.» Seit Sanny den Koch abwiesen hat, macht sie ihm nichts mehr recht. Er meckert über Essensreste in Töpfen, angepappte Soßen, Küchengeräte, die sich nicht an ihrem Platz befinden, Haare im Essen, lange kastanienrote Haare, die nur von ihr sein können, der Koch wirft ihr vor, daß sie den Arbeitern zuviel Nachschlag gebe, übriggebliebenes Essen mit nach Hause nehme und zu früh Feierabend mache. Dabei erreicht sie immer erst in letzter Sekunde den Bus. Der kleine Spanier aus der Gießerei wartet schon auf sie. Er wohnt in einem der Höhendörfer auf der Strecke hinter Kall. Als sie zum Bus gelaufen kommt, rückt er zur Seite, um ihr Platz zu machen. Er hat dunkle Augen, ein kleines rundes, bartstoppliges Gesicht, und er riecht nach Öl und Eisenschlacke. Er redet nie mit ihr, manchmal glaubt sie, daß er stumm ist. Sie nickt neben ihm ein, ihr Kopf fällt gegen seine Schulter, sie schreckt auf und sieht, daß sie am Kaller Busbahnhof angekommen sind. Sanny läuft zum Einkaufsmarkt, um etwas für den Abend einzukaufen. Es stimmt, was sie bei Effers erzählt haben, Lia arbeitet tatsächlich an der Kasse. Sanny will nicht mit ihr reden, sie hat ihr immer noch nicht verziehen. Sie stellt sich an eine andere Kasse, auch wenn sie dort länger warten muß. Sie sieht heimlich zu Lia hin. Lia sieht unglücklich aus. Sie hat's ja nicht anders gewollt, denkt Sanny, als sie den Einkaufswagen zur Cafeteria schiebt. Den ganzen Tag hat sie sich darauf gefreut, dort am Fenster zu sitzen, Kaffee zu trinken und nach draußen zu sehen. Die Leute aus den umliegenden Dörfern kaufen fast alle hier fürs Wochenende ein. Es ist mittlerweile dunkel geworden, die Schemen der hereinkommenden Leute spiegeln sich im Glas, Leute schieben ihre Einkaufswagen an der Bäckertheke vorbei. Eine Verkäuferin holt Brötchen aus dem Backofen, schüttet sie in ein Fach unter der Theke. Die Brötchen sind noch so heiß, daß man sie kaum anfassen kann. Ihr Geruch erinnert Sanny an ihre Kindheit, wie sie bei ihrem Vater in der Bäckerei auf dem Mehltisch vor der großen Fensterfront gesessen und zur Basilika hinuntergesehen hat.

6

Lia hatte Hilbert nie geliebt, vielleicht hatte sie gedacht, es würde sich irgendwann einmal ändern. Aber je länger sie mit ihm zusammen war, um so unerträglicher wurde er ihr. Wenn er nachts neben ihr lag, sie berühren wollte, wich sie aus, schon sein Atmen machte sie aggressiv. Wenn er etwas Belangloses sagte, schrie sie ihn an, er zuckte dann zusammen, wurde kleinlaut, woraufhin sie ihn noch mehr verachtete. Mit der Zeit hatte sie angefangen, ihn zu hassen. Schließlich konnte sie nicht anders, als sich von ihm zu trennen. Sie zog Hals über Kopf mit Clara in das Bahnerhaus hinter dem Einkaufsmarkt, in dem gerade eine Wohnung frei geworden war. Ihr hatte die Wohnung gleich gefallen, weil Küchen- und Schlafzimmerfenster zur Urft hin lagen. Jetzt arbeitet sie seit einigen Monaten an der Kasse im Supermarkt und hat sich an die Arbeit gewöhnt, die erste Zeit hat sie nachts nur von Zahlen geträumt.

In der Mittagspause geht sie zum Flußufer hinterm Supermarkt. Clara ist vom Kindergarten ausnahmsweise direkt nach Hause gekommen, sonst holt ihre Großmutter sie immer vom Kindergarten ab. Elisabeth hat einen Arzttermin. Sie will später vorbeikommen und ihr Enkelkind abholen. Lia ist immer unruhig, wenn Clara allein zu Hause ist und am Fluß spielt. Hinter der Lieferanfahrt stehen Abfallcontainer und Gitterboxen. Auf der zum Fluß abfallenden Wiese wächst giftiger Bärenklau, die Sonne glitzert auf dem ruhig fließenden Wasser. Auf der anderen Flußseite liegt ein Platz, auf dem im Herbst Kirmesbuden stehen, und dahinter ist das Hallenbad. Enten fliegen überm Fluß, Erpel mit oxydgrün schillernden Hälsen und schönen Schwanzfedern. Clara spielt auf einer alten Autoreparatur-Rampe, die in den Wiesenhang hineingebaut ist. Früher reparierten die Bahnarbeiter ihre Dienstfahrzeuge dort, heute wird sie nur noch ab und zu von Jugendlichen benutzt, die abends vorbeikommen, um an ihren Autos zu schrauben. Lia bringt Clara das Mittagessen, einen Linseneintopf aus der Cafeteria. Sie schneidet Clara die Wurst klein, sieht ihr eine Weile beim Essen zu und gibt ihr einen Kuß auf die Stirn, ehe sie zum Fluß läuft. Am Ufer sind Schwärme von kleinen Ellritzen, die unruhig umherschwimmen und manchmal in den Algenbüscheln verschwinden. Clara spielt, nachdem sie gegessen hat, weiter, sie spricht mit sich selbst, streicht ihr glattes Haar hinters Ohr, betrachtet sich in einem kleinen Taschenspiegel und hält dann auch der Puppe den Spiegel vor und ermahnt sie, ordentlich zu sein, dann balanciert sie über die Rampe und erzählt der Puppe Geschichten. Lia denkt daran, daß die Kindergärtnerin gesagt hat, Clara habe noch nicht die nötige Schulreife, sei einfach zu verspielt. Sie hätte es bestimmt leichter, wenn sie erst nächstes Jahr eingeschult würde. Lia war erbost darüber und hatte die Frau angeraunzt, daß Clara in allen Vorschultests gut abgeschnitten habe. Aber in letzter Zeit ist sie nicht mehr so aufmerksam, vielleicht hängt es tatsächlich mit der Trennung von Hilbert zusammen. Clara hat sehr an Hilbert gehangen. Vielleicht hat die Kindergärtnerin doch recht. Lia sieht zu ihrer Tochter hinüber und ruft ihr zu, daß sie mit der Kletterei aufhören soll, sie ist schon einmal von der Rampe gefallen, hatte aber Glück und kam mit ein paar Kratzern davon. Lia ist unruhig, bis Clara sich wieder hinhockt, dann schließt sie die Augen und lauscht dem Wasser, manchmal hat sie das Gefühl, Stimmen aus dem Fluß zu hören, Stimmen, die leise über dem glitzernden Wasser flußabwärts treiben. Sie denkt an Baptist, zu häufig in letzter Zeit, sie will das eigentlich gar nicht. Sie hat nicht mit Hilbert Schluß gemacht, um mit dem nächsten anzubändeln. Außerdem ist Baptist verheiratet, tut aber immer so, als gäbe es seine Frau überhaupt nicht. Er steht zweimal in der Woche mit seinem Imbiß vor dem Einkaufsmarkt. Er ist lustig und kommt immer in die Bäckerei und kauft Brötchen für den Imbiß. Lia ist ihm da zum erstenmal begegnet, er hat sich zu ihr an den Tisch gesetzt, und sie sind sich gleich sympathisch gewesen. Es war, als würden sie sich schon ewig kennen. Sie will jetzt nichts mit einem anderen Mann anfangen, sie will erst mit sich selbst ins reine kommen. Der Mittagszug, der die Berufsschüler in die Eifel hinunterbringt nach Nettersheim, Schmidtheim und Jünkerath und die anderen kleinen Dörfer, die tief in der Eifel liegen, rattert vorbei. Lia fürchtet, daß Clara zu den Gleisen gelaufen ist. Sie dreht sich erschrocken um. Doch Clara sitzt immer noch auf der Rampe und kämmt das Haar ihrer Puppe. Lia muß sich beeilen, weil die Kollegin an der Kasse abgelöst werden will, die regt sich gleich auf, wenn sie ein paar Minuten zu spät kommt. Sie läuft zu Clara, gibt ihr einen Kuß und schickt sie ins Haus, bis ihre Oma kommt und sie mit nach Hause nimmt. Sie bleibt bis zum Abend bei ihren Großeltern. Lia hätte Clara lieber bei sich, aber es geht nicht anders. Sie muß ja arbeiten.

Ein Kollege fährt mit dem Gabelstapler ins Lager, vorbei an Kleidergestellen, eingeschweißten Klopapierpaletten und aufgetürmten Waschpulverpaketen. Aus der Lautsprecheranlage vom Markt hört man Musik. *A whiter shade of pale ... ‹She said there is no reason and the truth is plain to see ...›* Lia summt das Lied mit, während sie durch das Lager läuft. Martin hilft Ingrid, einer neuen Kollegin, Sonderangebote einzuräumen. Er scharwenzelt in letzter Zeit nur noch um Ingrid herum. Lia kann ihn gut leiden, er müßte doch sehen, daß mit Ingrid nicht viel los ist, daß die mit jedem flirtet. Im Markt etikettieren Kolleginnen Waren und füllen Regale auf. Von der hohen Decke hängen Reklameschilder herab. Der Supermarkt befindet sich im Lager der früheren Molkerei. Als die Molkerei geschlossen wurde, kaufte eine Handelskette das Gelände, baute das Lager um und riß das Hauptgebäude der Molkerei ab, um dort einen Parkplatz anzulegen. Ein Vertreter stolziert die Treppe zu den Büros hinauf. Vor der Tür bleibt er kurz stehen und kontrolliert den Sitz seiner Krawatte. In der Nähe von Lias Kasse ist die Kleiderabteilung, dahinter sind Spielwaren und Kosmetika, in einer Ecke stehen billige Radio- und Fernsehgeräte. Lia öffnet ihre Kasse. Einige Kunden, die an anderen Kassen in der Schlange standen, wechseln zu ihr hinüber, aber sie muß erst Wechselgeld auffüllen, so daß die Leute gar keine Zeit gewonnen haben und ungehalten sind. Hilbert hat hinten in der Schlange gestanden, sie bemerkt ihn erst, als sie vom Förderband aufblickt. Sie sieht immer nur Hände, Lebensmittel und das schwarze Förderband. Hilbert hat Bartstoppeln, sie kennt das nicht von ihm. Früher hat er sich sogar im Auto rasiert, wenn sie spazierengefahren sind. Sein Anzug ist verknittert, sie hat ihn noch nie so ungepflegt gesehen, es erschreckt sie, einen Moment tut er ihr leid, etwas, vor dem sie sich in acht nehmen muß, weil sie weiß, wo das hin-führt, sie ist deshalb unverschämt zu ihm und macht eine schnippische Bemerkung:

«An deinem Geschmack hat sich nichts geändert.» Sie tippt die Preise für Fisch in Tomaten-, Dill- und Currysoße ein. Hilbert kann sich nur von dem Zeug ernähren. Seine Hände zittern, als er das Geld hinlegt. Er hat gesehen, daß sie ihren Ring nicht mehr trägt. Lia hat das Gefühl, als wür-den alle Leute nach ihnen schauen, sie vermeidet es, Hil-bert anzublicken, aber sie spürt, daß er noch etwas von ihr will, gibt ihm eine Tüte und bedient den nächsten Kunden. Aber dann sagt Hilbert, daß er sie zum Kaffee einladen möchte.

«Ich bin nicht zum Kaffeetrinken hier, sondern zum Arbeiten», antwortet sie und kümmert sich nicht weiter um ihn. Erst als er den Einkaufswagen nach draußen schiebt, sieht sie ihm nach und schüttelt den Kopf. Er müßte doch sehen, daß sie keine Zeit hat.

Als sie am späten Nachmittag Pause hat, sitzt Hilbert immer noch in der Cafeteria und wartet. Er hört nur das, was er hören will, denkt sie, aber sie bringt es nicht fertig, sich woanders hinzusetzen, ärgert sich gleichzeitig über ihre Inkonsequenz, schon als er ihr einen Kaffee holt. Auf den Tischen stehen kleine Scirpus–Pflanzen, deren Gräser sich bei jedem Windhauch bewegen. Der Kaffee schwappt über, als Hilbert damit an den Tisch kommt. Er stellt die Tasse ab und läuft nochmals zur Theke, um eine Serviette zu holen. Er stößt mit jemandem zusammen. Was Hilbert auch macht, es kommt ihr ungeschickt vor. Er setzt sich ihr gegenüber auf die Bank.

«Was wolltest du denn vorhin von mir?» fragt sie. Sie will nicht unfreundlich sein, aber sie kann nicht anders. Vielleicht ist alles nur ihre Schuld. Sie sieht kurz aus dem Fenster. Baptist steht in seinem Imbiß und bedient Kunden.

«Ich wollte mit dir ...», beginnt Hilbert. Lia guckt ihn herausfordernd an.

«Was wolltest du?» Sie hört nicht hin, als er zu erzählen beginnt. Er sagt doch immer dasselbe, als hätte er Angst, sonst einen Fehler zu machen. Hilbert fragt nach Clara, er redet, als wäre sie seine Tochter. Sie möchte ihm klarmachen, daß Clara ihn gar nichts angeht, aber sie verkneift sich das. Er wolle sich ändern, sagt er, diesmal alles richtig machen, er versucht ihre Hand zu berühren. Sie will das nicht und zieht die Hand weg, dann rührt er aus Verlegenheit im Kaffee und sieht sie nur ganz kurz an. Er tut ihr wieder leid, sie wehrt sich dagegen. Sie darf nicht mehr mit ihm zusammensein, sie würde krank werden davon.

«Du hast gar nichts falsch gemacht. Es hat nur keinen Sinn mehr, Hilbert, begreifst du das nicht.» Es ist, als würde er das gar nicht hören, er redet von seinen Plänen, von dem Auftrag, ein Haus an den Maaren zu renovieren.

«Hör endlich auf, Hilbert, laß mich in Ruh, begreif doch!» Sie drückt ihre Zigarette aus und geht zur Kasse zurück.

7

Als Sanny in die Wirtschaft kommt, sitzt Effers auf einem Schemel hinter der Theke. Wie immer in der letzten Zeit hat er einen Bauplan ausgebreitet, über dem er brütet, er beugt sich vor und kratzt sich mit dem Daumen am lichten Haar, das er sorgsam über die Glatze gekämmt hat. Wenn nicht viele Gäste da sind, steht er hinter der Theke und studiert Baupläne. Er hat Sanny schon gezeigt, was er vorhat. Er will zur Urft hin eine überdachte Terrasse anlegen, wo man im Sommer essen kann. Er will ein richtiges Restaurant aus dem Laden machen. Er sagt, das einzig Brauchbare an der Bruchbude sei die zentrale Lage. Das Pissoir steht unter Wasser, wenn der Fluß über die Ufer tritt, und Bisamratten schwimmen im Flaschenkeller. Das Ordnungsamt verlangt, daß er die Toiletten verlegen muß, droht, die Wirtschaft zu schließen.

«Ich hätte Ihnen sagen können, daß einiges nicht stimmt, daß Höffner Sie reinlegt», sagt Sanny.

«Mit mir macht er das nicht, er hätte das erwähnen müssen, Bauschäden muß er anzeigen. Er hat schon einen Brief von meinem Anwalt.» Sanny imponiert es, daß Effers sich nicht alles gefallen läßt.

«Uns hat er reingelegt, sonst hätten wir uns nicht auf so

hohe Pachtforderungen eingelassen», sagt sie. Jetzt scheint er ewig zu leben, dabei hatte er, als sie den Vertrag unterschrieb, so getan, als stände er schon mit einem Bein im Grab, stellte sich schwerhörig, hielt seine großen Ohren hin, aus denen drahtige graue Haare wuchsen, wie Antennen, die alles aufsogen. Wenn Sanny ihn bedienen muß, sucht sie nach einem Streichholz auf dem Boden, über das sie stolpern könnte, um ihm das Tablett ins Gesicht zu werfen.

«Etwas auf Rentenbasis zu kaufen ist nie günstig, besonders, wenn die Pacht an die Rentenentwicklung gekoppelt ist. Die Renten steigen seit Jahren, das hätte man wissen müssen.» Sanny bewundert Effers, weil er ein richtiger Geschäftsmann ist, der weiß, was er will. Ihr Mann hat bei finanziellen Problemen den Kopf in den Sand gesteckt, vorm Fernseher gesessen und getrunken und nicht mal die Steuererklärungen gemacht. Effers sagt zu Sanny, daß er die Wirtschaft nur so lange führt, bis der Laden läuft, dann will er einen Geschäftsführer einsetzen oder eine Geschäftsführerin, er sieht sie dabei an und lächelt.

«Ich hab ja nicht gerade bewiesen, daß ich so etwas kann», sagt sie.

«Jeder muß 'ne zweite Chance bekommen. Ich glaub schon, daß Sie das können.» Auf der Theke stehen leere Biergläser, und Sanny läuft in die Küche, zieht einen Kittel an und kommt zurück, um Gläser zu spülen und die Theke abzuwischen. Oben auf dem Büfett hinter der Theke sind Vereinspokale aufgereiht, und unten neben den Schnapsflaschen steht eine bauchige Likörflasche, in die eine Ballerina eingelassen ist. Effers hat es geschafft, daß Fußball- und Musikverein zu ihm kommen. Er hat den Leuten ein bißchen Geld gespendet und gibt hin und wieder einen aus.

«Man muß genau wissen, was man tut», sagt er, «als würde man Schach spielen, man darf sich nicht von Gefühlen leiten lassen.» Am Tischfußballgerät in der Nähe des Fensters kicken junge Männer, sie schreien, stoßen sich an, wenn ein Tor fällt. Einer von ihnen geht zum Kegelautomaten, wirft Geld ein, die Kegel klackern gegeneinander und stellen sich auf. Als Sanny fertig ist, bedankt sich Effers, er sei so vertieft in den Bauplan gewesen, daß er alles andere vergessen habe. Sie sind sich mittlerweile vertraut, und Sanny weiß, daß er nach einiger Zeit zu ihr in die Küche kommen wird. In gewisser Weise erwartet sie ihn, und sie ist sich nicht im klaren, was das bedeutet. Sie hat einiges für den Abend vorzubereiten, macht Frikadellen, paniert Schnitzel und kocht Soleier. Während sie spült, kommt Effers in die Küche, zieht die Tür hinter sich zu, holt einen Trichter aus dem Schrank und füllt am Tisch billigen Korn aus dem Supermarkt in Markenflaschen um, in die Ballerinaflasche gießt er im Großmarkt eingekauften Likör. Bei der Ballerina hat Sanny das nie gemacht, vielleicht muß man das machen, um Erfolg zu haben, denkt sie. Effers sitzt am Küchentisch, sieht ihr bei der Arbeit zu. Die erste Zeit war ihr das irgendwie unangenehm, aber sie hat sich daran gewöhnt, es erscheint ihr bei ihm nicht so aufdringlich wie bei anderen Männern. Er hat auch noch nichts getan, nicht mal berührt hat er sie. Das kleine Glockenwerk in der Likörflasche erklingt. Die Ballerina dreht Pirouetten. Sanny hat *Für Elise* früher gern auf dem Klavier gespielt. Effers beugt sich zum Tisch hinunter und blickt wie ein kleines Kind ins Innere der Flasche. Sie hat das Gefühl, daß er etwas sagen möchte. Er hat einmal erzählt, daß er verheiratet war und seine Frau ihn verlassen hat, kurz nach dem Unfall, vielleicht konnte sie meine Hände nicht ertragen, eigentlich sind es ja gar keine Hände, nur noch Reste davon, sagte er.

Aber es können auch noch andere Gründe gewesen sein, gibt ja nie nur einen Grund. Ich war glücklich mit ihr, ich habe niemals damit gerechnet, daß sie mich verlassen würde. Sie ruft manchmal an, aber sie sagt nicht, wo sie ist. Vielleicht befürchtet sie, daß ich zu ihr komme. Wahrscheinlich hat sie recht damit. Können Sie verstehen, wieso sie weggegangen ist? Sanny hatte gesagt, daß sie es gut verstehen könne. Sie habe auch manchmal das Gefühl, daß sie woanders glücklicher leben könne.

Während Effers bei ihr in der Küche sitzt, wartet sie darauf, daß er etwas sagt, aber er sieht sie nur an, sie spürt seine Blicke. Sie steht an der Spüle und trocknet Geschirr ab. Als die Ballerina sich nicht mehr dreht, geht Effers mit den Flaschen hinter die Theke. Später, als die Wirtschaft sich mit Gästen füllt, die von der Arbeit kommen, aus dem Kino oder dem nahegelegenen Hallenbad, gibt Effers Bestellungen in die Küche. Spiegeleier, Schnitzel mit Pommes und Gulaschsuppe. Durch die offene Schiebetür hört Sanny Männer an der Theke plaudern. Hilbert befindet sich unter ihnen. Sie hört seine etwas näselnde Stimme, er ist betrunken, redet großspurig von Arbeitsaufträgen, davon, daß er sich selbstständig machen wolle. Irgendwann spricht er auch von Lia, so, als hätte sie ihn gar nicht verlassen, aber jeder weiß, daß Lia nicht mehr mit ihm zusammenlebt. Hilbert tut Sanny leid, er ist kein schlechter Mensch, vielleicht ist er zu weich und denkt zuviel nach. Männer vom Musikverein betreten die Wirtschaft, sie kommen von der Probe im Gemeindehaus, sie stellen sich an die Theke. Stimmen vermischen sich. Sanny kennt das Geschwätz, sie hört gar nicht mehr richtig hin. Sie ist seit dem frühen Morgen auf den Beinen, wenn sie nach Hause kommt, muß sie die Waschmaschine anstellen, die Abstellkammer liegt voll schmutziger Wäsche. Effers ruft Sanny zum Bedienen, er kommt nicht mehr alleine zurecht, es ist schon eine Kunst, wie er mit seinen verstümmelten Händen Bier zapft. An der Theke ist es laut geworden, ein paar von den Männern sind besoffen. Hilbert schreit, sie sollen seine Lia in Ruhe lassen, sie habe keinen anderen. Hilbert torkelt, ein Hocker fällt um, und ein paar Männer an der Theke lachen, als er über die Stuhlbeine stolpert.

8

Damals hatte ich mich, um nicht zur Bundeswehr zu müssen, beim Ersatzdienst eingeschrieben. Ich wollte ursprünglich zum Technischen Hilfswerk, aber die nahmen mich nicht, weil man eine abgeschlossene technische Ausbildung haben mußte und das Kontingent an Freistellungsplätzen erschöpft war. Die Leute vom Technischen Hilfswerk bauten Brücken und führten Rettungsübungen in Stauseen durch. Man konnte sich zum Rettungstaucher ausbilden lassen, was mir gefallen hätte, aber ich war bei den Sanitätern gelandet, und die fuhren nur in der Eifel herum und warteten auf das Ende der samstäglichen Dienstzeit. Wir benutzten einen ausrangierten Sanitätswagen der Bundeswehr, an einer Seite waren Liegen angebracht und auf der anderen Seite Sitzplätze, wir konnten nicht sehen, wohin wir fuhren. Wir sahen nur den Himmel durch einen schmalen Spalt über den geweißten Scheiben. Meist fuhren wir zu stillgelegten Steinbrüchen oder Tongruben, um im Gelände Übungen zu machen. Wenn Fußballspiele im Fernsehen übertragen wurden, gingen wir in die Kneipe und kehrten abends zum Standort zurück, um unsere Aufwandsentschädigung zu kassieren. Die alte Fabrik, in der wir stationiert waren, befand sich mitten in Euskirchen. Es war eine Fabrik, in der früher Handbohrmaschinen gebaut wurden. Eine Halle war mit Plastiktüten von Kleidersammlungen vollgestopft, in der anderen standen von der Bundeswehr ausrangierte Sanitätswagen und Jeeps, mit denen unsere Chefs umherfuhren. Es gab noch Hallen, die verschlossen waren, und Räume, die unsere Chefs gern für Ausbildungszwecke genutzt hätten. Aber der Besitzer vermietete diese Hallen nicht, es hieß, daß dort seit Jahrzehnten nichts verändert worden war. Aber niemand wußte genau, was sich in ihnen befand. Es kursierten nur Gerüchte, die wir im Sanitätswagen sitzend immer weiter ausschmückten. Effers stand mit zwei unserer Chefs zusammen. Ich war überrascht, ihn zu sehen, er trug einen grauen Anzug und einen schwarzen Hut, und er wirkte imponierend, obwohl er nur dastand und unseren Chefs zuhörte, die ihm etwas zu erklären schienen. Wir waren spät dran, unser Fahrer hupte, und ich mußte in den Sanitätswagen steigen, der Beifahrer knallte die Tür hinter mir zu, verriegelte sie von außen und lief zum Führerhaus. Wir hatten es eilig, wegen einer Kollekte fürs Rote Kreuz, die wir zweimal im Jahr durchführen mußten. Ich trug eine geborgte Uniform, da Mutter vergessen hatte, meine eigene zu waschen, sie hatte sie irgendwo in den Wäschebergen vergraben, und unser Chef hatte mich angeschrien, ob ich in so einer Uniform Geldsammeln wolle und wo meine Stiefel seien. Er war wütend auf mich, weil ich das letzte Mal nicht zum Dienst gekommen war. Ich mußte dann mit ihm in die Kleiderkammer, wo er mir eine viel zu weite Uniform und zu enge Stiefel gab. Ich konnte mir nicht erlauben, ihm zu widersprechen. Hätte ich vorher gewußt, daß wir sammeln sollten, wäre ich auch diesmal nicht zum Dienst gekommen. Während der Fahrt sagte einer der Kollegen, daß die Chefs mit dem Besitzer wegen der Räume verhandeln würden, aber daß der es nicht nötig hätte, sie ihnen zu vermieten. Das Areal allein sei schon ein Vermögen wert. Ich fragte mich, ob Mutter wußte, daß Effers Fabrikbesitzer war, wenn auch einer Fabrik, in der nichts mehr produziert wurde und die nur als Lagerhalle diente. Wir fuhren bis zu einem Ortsteil von Mechernich, in dem Industrielle aus Köln und Düsseldorf wohnten. Sie hatten ihre Villen in einem Waldhang versteckt und wollten wohl nicht offen zeigen, wieviel Geld sie besaßen. Ich kam mir wegen meiner Uniform noch blöder vor als sonst, wenn wir eine Kollekte machten. Die Ärmel und Hosenbeine hatte ich umgekrempelt, ich humpelte, weil ich mir in den Stiefeln Blasen gelaufen hatte. Wenn ich mit der Sammelbüchse in der Tür stand, muß ich wohl Bedauern geweckt haben, denn die Leute spendeten viel mehr als sonst. Solche Häuser hatte ich bis dahin nur in Hollywoodfilmen gesehen, und es war das erste Mal, daß ich Menschen gegenüberstand, die so viel Geld besaßen, daß sie gar nicht merkten, wenn sie etwas davon weggaben. Am Abend hatte ich allein fast zwölfhundert Mark gesammelt, und ich war im Haus von Dorothees Eltern gewesen. Sie hatte ich ein paarmal in der Diskothek in Mechernich getroffen, und wir waren zum Kirchfriedhof gegangen, hatten uns auf eine Mauer gesetzt und geknutscht. Ich wußte nicht, daß sie reiche Eltern hatte. Als ich ihre Stimme im Haus hörte und ihre Mutter lächelnd an mir herunterblickte, hoffte ich nur, daß Dorothee nicht zur Tür kommen würde. Aber am Abend nach dem Dienst fuhr ich zur Diskothek, weil ich hoffte, sie dort zu treffen. Die Diskothek war in einem Fachwerkhaus, über der Tanzfläche drehte sich eine Glitzerkugel, die stroboskopisches Licht auf die Tanzfläche streute. Der Diskjockey spielte erst *Crimson and Clover*, dann *Judy in the Sky*. Dorothee tanzte mit einem Jungen aus meiner früheren Parallelklasse. Ich fühlte mich vor Verlegenheit wie gelähmt und wagte nicht mit ihm zu reden. Als ich die Disko wieder verließ, sah ich Hilbert bei jemandem stehen, der ihm stiekum etwas zusteckte. Er stand neben dem Bierwagen im Innenhof und bemerkte mich nicht; ich hatte auch keine Lust, mit ihm zu reden, obwohl ich sicher war, daß er mich nach Kall mitgenommen hätte. Ich fuhr mit dem Linienbus und kam erst gegen zehn Uhr nach Hause, meine Schwestern schliefen schon, und Mutter war bereits bei Effers im Gasthof. Ich schaltete die Sportschau an und machte es mir bequem. Vater rief an, als der Fußballblock gerade begonnen hatte. Er telefonierte von einer Bahnhofskneipe, war betrunken und sagte, er habe es schon ein paarmal versucht. Man merkte, daß er sauer war. Er wollte Mutter sprechen, und ich sagte ihm, daß sie bei Effers sei. Das war ein Fehler, aber er hätte es auch so erfahren. Wenn Vater nach Hause kam, arbeitete Mutter nie bei Effers, aber sie hatte nicht damit gerechnet, daß er an diesem Wochenende kommen würde. Ich wunderte mich, daß er mit dem Zug kam, das tat er sonst nie, meist fuhr er mit der Pritsche und brachte Kollegen mit, die in einem Hotel auf der Wallenthaler Höhe an der Schnellstraße nach Köln eine billige Unterkunft hatten. Das Hotel lag nicht weit vom Industriegebiet entfernt, wo ihre Montagehalle stand. Die Sportschau war lange vorüber, als ein Taxi unten vor der Terrasse hielt. Ich hörte, wie Vater sich vom Fahrer verabschiedete, die Tür zuschlug und mit seinem Koffer, um den er einen Ledergürtel geschlungen hatte, die Treppe hinaufwankte. Bobby lief unruhig am Terrassenrand und kläffte und sprang an Vater hoch und beschmutzte mit den Pfoten Vaters Anzughose. Vaters Haar war lang und wellte sich im Nacken, einige Strähnen fielen seitlich über die Schläfe. Er arbeitete so viel, daß er nicht mal Zeit fand, zum Friseur zu gehen. Manchmal schnitt Mutter ihm am Wochenende in der Küche die Haare. Jetzt stand er betrunken in der Wohnzimmertür und versuchte, sich zusammenzureißen.

«Na Junge», sagte er, «wie geht's dir, deine Mutter scheint ja noch nicht zu Hause sein.» Er kniff seinen Mund spöttisch zusammen. Ich versuchte, freundlich zu sein, seine Anspielung zu ignorieren, und erkundigte mich, was passiert war und warum er mit dem Zug gekommen war. Vater erzählte, daß die Pritsche kaputtgegangen war, als sie neues Material holen wollten. Während der Fahrt hatte sich ein Hinterrad gelöst, das einer der Jugoslawen kurz zuvor ausgewechselt hatte, sie hatten Glück, daß sie wegen einer Baustelle auf der Autobahn langsam fuhren, als das Rad an ihnen vorbeirollte und die Pritsche zu schlingern begann. Vater hatte den Wagen am Seitenstreifen zum Stehen gebracht, aber die Hinterradachse war gebrochen und die Kühlerhaube zertrümmert. Da sie kein Material mehr auf der Baustelle hatten, sagte der Chef, nachdem er über den Vorfall geschimpft hatte, sie sollten zurückkommen, um wenigstens das Übernachtungsgeld einzusparen. Ich nahm Vaters Koffer und schleppte ihn in den Abstellraum. Meine Schwestern schliefen in dem Zimmer nebenan. Sie lagen in ihren Betten, wie kleine schlafende Engel. Auf Andreas Decke lag ein aufgeschlagenes Vogelbuch mit dem Bild eines Eichelhähers. Ich knipste das Licht in ihrem Zimmer aus und ging zu Vater zurück. Er hatte sich auf die Couch gesetzt, und Bobby hatte seine Schnauze auf den Couchrand gelegt. Er wedelte mit dem Schwanz; Vater kraulte ihn im Nacken, sprach mit ihm und tat so, als sei er das einzige Wesen im Haus, dem er vertrauen könne. Ich hoffte, daß Mutter erst zurückkäme, wenn er schon schlafen würde. Als Vater endlich eingenickt war, machte ich den Fernseher und das Licht aus und nahm Bobby mit zu mir. Ich wollte nicht, daß er Vater weckte, wenn Mutter nach Hause kommen würde. Ich konnte nicht einschlafen und lauschte die ganze Zeit in die Stille. Bobby lag bei mir auf dem Bett und wimmerte, ich hielt ihm die Schnauze zu, seine Lefzen waren naß, und das Weiße in seinen Augen leuchtete, ich spürte, daß auch er Angst hatte. Vater saß noch immer im Wohnzimmer, als Mutter kam. Ich hörte, wie ein Auto unterhalb der Terrasse hielt und es lange dauerte, bis sie ausstieg. Mutter lachte, ich war sicher, daß Effers unten bei ihr war, ich hatte Mutter lange nicht lachen gehört, ich war wütend auf sie, und ich dachte, daß sie wirklich Prügel verdient. Sie ging die Treppe hoch, machte den Riegel der Terrassentür auf, ihre Schritte knirschten auf dem Sand, sie blieb auf der Terrasse stehen und sah Effers nach, der seinen Wagen gewendet hatte und wieder nach Kall zurückfuhr. Das vordere Flurlicht ging an. Etwas Licht sickerte unter meiner Tür durch, bis an den Rand des kleinen Läufers, wo meine Kleider auf dem Boden lagen. Ich hörte Vater und Mutter reden. Die Wohnzimmertür ging zu und dann wieder auf, und Vater wankte in die Küche, und Mutter schien ihm zu folgen, und es hörte sich an, als würde er sie wegstoßen, und dann schlug auch die Küchentür zu, und Mutter sagte:

«Hör jetzt auf zu trinken und komm ins Bett.» Jemand riß an der Schiebetür, die in den kleinen Raum neben der Küche führte und in dem der Kühlschrank, ein Regal mit Töpfen und Pfannen standen und wo es eine kleine Durchreiche zum Wohnzimmertisch gab, an dem wir sonntags frühstückten. Mutter sagte, daß Vater sie in Ruhe lassen solle, sie habe sich nichts vorzuwerfen, ein Topf oder eine Schüssel krachte zu Boden. Ich dachte an Alfons, daß er jetzt in seinem Flugzeug saß und die Welt für ihn gar nicht existierte, es waren nur blinkende Lichter in einer Leere, in der man sich lange aufhalten konnte, eine Leere ohne etwas, das Schmerz zufügt, alles war weit entfernt und viel zu klein und bedeutungslos, um wahrgenommen zu werden, ich beneidete meinen Bruder darum, so weit weg zu sein. Bobby wollte unbedingt vom Bett, aber ich hielt ihn mit beiden Armen fest, er jaulte, weil ich ihm weh getan hatte, er schnappte sogar nach mir, und ich bemerkte, daß er eine Wunde auf dem Rücken hatte. Mir fiel wieder ein, daß ihn ein anderer Hund gebissen hatte. Ich mußte ihn loslassen, weil er unbedingt hinauswollte, er kratzte an der Tür und jaulte. Mutter war nach draußen gelaufen. Sie stand am Terrassenrand, und Vater wankte auf sie zu. Ich hatte Angst, daß er sie hinunterstoßen würde, ich schrie, daß er sie in Ruhe lassen sollte, daß ich ihn umbringen würde, wenn er nicht aufhört.

«Hörst du, dein Sohn will dir helfen.» Vater wiederholte das immer wieder, während er weiter auf Mutter zuging.

«Hörst du, dein tapferer Sohn will dir helfen.»

«Geh rein, Leo, laß uns in Ruhe», raunte Mutter mir zu.

«Er kann ruhig dableiben, dein Sohn, dein Sohn soll sehen, was ich mit seiner Mutter mache.» Es war etwas Höhnisches in seiner Stimme, etwas, daß mich noch wütender machte. Mutter stieß, während sie weiter zurückwich, gegen die Mülltonne, die von der Terrasse fiel und den Hang zur Straße hinunterkullerte. Vater war stehengeblieben, und er schien in seinem dumpfen Kopf über etwas nachzudenken. Ich schrie wieder, daß ich ihn umbringen würde, dann hörte ich meine Schwestern, die an der Terrassentür standen und weinten. Es war dann einen Moment ganz still, und ich zitterte vor Wut, und ich weinte, und Vater drehte sich um und wankte an mir vorbei ins Haus zurück.

9

Seit Lia ihn verlassen hat, ist Hilbert noch labiler geworden. Erst jetzt merkt er, wie sehr er sie liebt, wie sein ganzes Leben an ihr hängt. Er kommt sich vor, als treibe er schwerelos umher, als gäbe es keinen Halt mehr für ihn. Nachts wacht er verschwitzt auf, ruft nach ihr, kann nicht mehr einschlafen, geht aufs Klo, stolpert über auf dem Boden liegende Kartons und Flaschen. Die Wohnung ist viel zu groß für ihn alleine, alles erinnert ihn an Lia und Clara. Er trinkt, um Schlaf zu finden. Tagsüber läuft er durch Kall, hält sich im Schnellrestaurant auf, bei Effers, oder er kauft ein paar Dosen Bier und geht damit ans Wehr, setzt sich auf den Steg, der bis zur Flußmitte führt. Das Wasser staut sich oberhalb des Wehrs. Uferbäume, Wolken, auf dem Wasser sitzende Entenpaare – alles scheint bewegungslos, wie auf einer Fotografie. Unter ihm stürzt das Wasser ungefähr zwei Meter tief hinunter. Es ist, als treibe er auf einem Floß dahin. Er wirft leere Bierdosen ins Wasser, sieht zu, wie sie langsam auf die Staumauer zutreiben, hinabfallen, auf der unruhigen Wasseroberfläche schaukeln, wie sie sich langsam mit Wasser füllen und schließlich versinken. Er hat plötzlich das Verlangen, sich zu verletzen, sich mit einer Dosenlasche den Arm aufzuritzen, erinnert sich an Angeltouren mit seinem Vater, wie er stundenlang neben ihm am Wasser gesessen hat und kein Wort sagen durfte. Eine große Forelle schwimmt an die Oberfläche und taucht wieder ab, ihre Haut hat die Farbe des tiefen schlammigen Wassers, ihm ist, als erklängen im Rauschen des Wehrs Melodien. In diesem Rauschen kann er reden, ohne sich verrückt vorzukommen. Er wundert sich über seine Gedanken, bei manchen hat er Angst, er fürchtet sich vor ihnen. Er schläft angetrunken auf dem Steg ein, wird wach, als ein Zug vorbeifährt. Als er zu seinem Bus geht, fährt Baptists Geländewagen gerade auf den Pendlerplatz hinter den Gleisen. Hilbert kennt Baptist nur flüchtig, er weiß, daß ihm der Imbiß vor dem Einkaufsmarkt gehört. Baptist ist bestimmt fünfzehn Jahre älter als Lia. Er sieht mit seinen dunklen Haaren und der hageren Gestalt aus wie ein Südländer. Baptist stiehlt sich in der Dämmerung über die Gleise, verschwindet für einen Augenblick hinter den Baracken der Bahnarbeiter, taucht dann zwischen den Kabeltrommeln wieder auf und huscht hinüber zum Bahnerhaus. Hilbert will nicht glauben, was er sieht, will nicht wahrhaben, daß Baptist die Treppe zum Haus hinaufgeht, daß Lia ihm die Haustür öffnet. Baptist ist verheiratet und hat Kinder. Als Hilbert sieht, wie sie sich umarmen, stolpert er zu seinem Bus, setzt sich ans Steuer und schlägt mit dem Kopf gegen das Lenkrad. Ihn quälen Vorstellungen darüber, was sie jetzt machen. Er wartet darauf, daß Baptist wieder aus dem Haus kommt, er denkt daran, ihn zur Rede zu stellen, sucht im Handschuhfach nach Pillen, schüttet sie auf die Handfläche, nimmt mehrere auf einmal, eine bleibt im Hals stecken und löst sich auf. Er braucht etwas zum Herunterspülen, klettert nach hinten in den Bus. Mit einem Mal scheint ihm, als würde er im Inneren einer Raumkapsel schweben, Arme und Beine bewegen sich unabhängig von ihm selbst, als hätte jemand anderer die Kontrolle über ihn, jemand, dem er vollkommen vertrauen kann. Er hustet immer noch, hat ein Kratzen im Hals und Schwierigkeiten, nach der Flasche zu greifen, die auf seiner Schlafkoje liegt, seine Hände scheinen zu schmelzen, wenn er etwas berühren will. Als er die Flasche endlich in die Hand bekommt, trinkt er sie leer. Nun geht es ihm besser, er hat sich lange nicht mehr so gut gefühlt. Er ist sich absolut sicher, daß Lia ihn noch immer liebt, er denkt daran, wie er Lia zum erstenmal nach einem Diskothekenbesuch geküßt hat, sie miteinander schliefen, wie er den Opel Caravan zur Steinbrucheinfahrt steuerte, ausstieg, um den Schlagbaum vor der Zufahrt zum Steinbruch hochzuheben. Hinter dem Schlagbaum waren sie ungestört, als hätten sie eine Tür hinter sich zugesperrt. Sie fuhren noch ein Stück am Steinbruch entlang, unter den Reifen knirschten Steine, das Scheinwerferlicht strich über einen Felsgrad, über reifbedeckte Schlehdornhecken. Jemand hatte einen weißen Gartenstuhl an den Wegrand gestellt. Auf der Bruchsohle hatte man mit dem Aufforsten begonnen. Als Hilbert den Motor abgestellt hatte, umarmten sie sich. Lias Lippen waren weich, sie hatte einen Fettstift mit Kirschgeschmack aufgetragen, ihr Hals roch nach Deodorant, sie nahm seine Hand, küßte sie und führte sie unter ihren Pullover. Sie zitterte, als er mit kalten Fingern unter den BH-Bügel griff, ihre Brüste ertastete, die gerade so groß waren, daß sie in seine Hand paßten. Die Fensterscheiben beschlugen von ihrem Atem. Hilbert fürchtete, etwas falsch zu machen. In der Diskothek war er unsicher gewesen, ob sie mit ihm allein sein wollte. Doch dann hatte sie gefragt, ob sie etwas umherfahren sollten. Lia zog ihre Hose aus und kroch nach hinten. Sie schliefen miteinander, lagen danach hinten im Wagen und blickten durch die Heckscheibe in den

Nachthimmel. Von diesem Moment an wußte Hilbert, daß er mit Lia fest verbunden war, nichts im Leben würde sie trennen können.

Hilbert verbringt die ganze Nacht im Bus und sieht zu Lias Haus hinüber. Am Morgen steigen vom Fluß Nebelschwaden auf, Nebel, der über die Bahngleise zieht, der sich langsam in der Morgensonne aufzulösen beginnt. Autos fahren auf den Pendlerparkplatz. Die Sonne scheint gegen die Sandsteinfelsen, kleine Quarzpartikel in den roten Felsen glitzern. Oben auf den Felsen wächst ein dichter Kiefernwald, dessen dünne Stämme beim letzten Sturm wie Streichhölzer geknickt sind. Baptists Rover steht nicht mehr auf dem Parkplatz. Vielleicht ist Baptist wegge-fahren, als Hilbert eingenickt war, oder Hilbert hat alles geträumt, er kann wegen der Drogen nicht mehr klar den-ken. Auf dem Bahnsteig stehen Leute, die auf den Frühzug warten.

10

Ein paar Tage später sitzt Hilbert bei Lias Eltern in der Wohnung. Er ist am Morgen gegen neun Uhr gekommen, hatte Brötchen mitgebracht, wie er es früher auch oft gemacht hat. Hilbert kommt Lias Mutter seltsam vor, sie fragt aber nicht nach, weil sie ahnt, daß es um Lia geht, und sie will nicht an Wunden rühren. Hilbert macht über-haupt keine Anstalten zu gehen. Elisabeth hat ihn eigent-lich gern im Haus, Hilbert lobt ihr Essen, etwas, das sonst niemand für nötig hält, alle anderen halten ihre Mühe für eine Selbstverständlichkeit. Hilbert hingegen verbreitet sich in Lobeshymnen, was ihn schon wieder etwas unglaubwürdig erscheinen läßt. Er sitzt in der Küche und hat Columbus, den Kater, auf dem Schoß, er hat ihm Zecken entfernt, während Elisabeth den Kater festgehalten hat. Auf dem Tisch liegt noch die grüne Zeckenzange aus Plastik, in der einige weiße Haare von Columbus hängen. Die Zecken hat Hilbert zerdrückt und im Abfluß hinuntergespült. Columbus schnurrt und streckt die Beine aus, für ihn hat sich nichts verändert. Er schleicht immer noch mit gerecktem Schweif um Hilberts Beine. Er ist sonst bei niemandem so zutraulich, denkt Elisabeth. Sie haben gespült, und Hilbert hat abgetrocknet. Ihr tut Hilbert leid, sie hätte gern, daß er und Lia wieder zusammen wären. Etwas Besseres findet Lia doch nicht, Elisabeth macht sich keine Illusionen mehr über ihre Tochter. Im Grunde kann sie froh sein, so jemanden wie Hilbert zu haben, auch wenn Hilbert sich in den letzten Wochen sehr zu seinem Nachteil verändert hat, er ist ungepflegt, am Hals hat er sich Pickel aufgekratzt. Er scheint nicht zu arbeiten, auch wenn er ständig von irgendwelchen Projekten redet und so tut, als sei er ein vielbeschäftigter Mann, er erwähnt einen Freund, mit dem er eine Firma aufmachen will, behauptet, im Möbelmarkt gekündigt zu haben, um sich selbständig zu machen. Elisabeth hat im Gegensatz dazu gehört, daß man ihn entlassen hat. Seither fährt er nur noch mit seinem Campingbus herum und übernachtet am stillgelegten Steinbruch bei Keldenich. Offensichtlich ist er wieder mit alten Bekannten zusammen. Früher hat er Drogen genommen. Lia hatte es einmal erwähnt und gesagt, wenn er wieder damit anfinge, würde sie ihn sofort verlassen. Während Hilbert redet und redet, erledigt Elisabeth ihre Küchenarbeit. Einmal erwähnt Hilbert Baptist. Elisabeth sagt, sie wisse nichts von einem Verhältnis Lias mit Baptist.

«Lia redet nicht mit mir über so etwas. Du kennst sie doch. Sie ist schon seit Wochen nicht mehr bei uns gewesen.» Elisabeth will da nicht mit hineingezogen werden, auch wenn sie nicht damit einverstanden ist, was Lia macht, die beiden müssen selbst damit fertig werden. Hilbert sitzt mit gesenktem Kopf am Küchentisch, und sie hat den Eindruck, daß er überhaupt nicht mehr gehen will. Sie kann nicht den ganzen Tag wegen ihm im Haus bleiben. Aus dem Wohnzimmer hört man den Fernseher. Ihr Mann sitzt im Sessel und guckt Nachrichten. Elisabeth empfindet es als unhöflich, daß Paul einfach vor dem Fernseher sitzenbleibt, kein Wort sagt und Hilbert noch nicht einmal begrüßt hat. Nachher, wenn Hilbert gegangen ist, wird Paul in die Küche kommen und jedes Wort wissen wollen, das sie mit Hilbert gesprochen hat. Er sitzt, seit er in Rente ist, nur noch vor dem Fernseher, seine Launen sind kaum noch zu ertragen. Er will auch Clara nicht mehr im Haus haben, sagt, das Kind bringe zuviel Unruhe. Er wird immer schrulliger, wenn sie den Wagen in die Garage gefahren hat, geht er nach draußen, um ihn auf Kratzer zu untersuchen. Es ist jetzt schon spät am Nachmittag. Sie hat einen Teil der Hausarbeit vernachlässigt, sie ist deswegen unzufrieden, sie schüttet Kaffee auf und erwähnt nebenbei, daß sie noch in die Stadt zum Einkaufen muß. Hilbert reagiert nicht darauf. Sie weiß nicht, was sie noch mit ihm reden soll, er tut ihr leid, er macht einen verzweifelten Eindruck, auch wenn er sich bemüht, optimistisch zu erscheinen. Man muß sein Glück in die Hand nehmen, man kann nicht denken, daß man alles geschenkt kriegt, mein Gott, warum findet er sich nicht damit ab, daß Lia von ihm weggegangen ist. Sie fürchtet, daß Hilbert jeden Moment anfangen könnte zu weinen. Man kann Hilbert nichts sagen, er lebt in seiner eigenen Welt. Sie hat schon ein paarmal angedeutet, daß er gehen soll, aber er reagiert nicht, schließlich sagt sie erbost:

«So, Hilbert, ich hab jetzt keine Zeit mehr, ich muß noch einkaufen.» Hilbert ist einen Moment still. Es klingt beleidigt, als er sagt:

«Ich will dir nicht zur Last fallen, Elisabeth, wenn du keine Zeit hast, geh ich.» Er steht auf, befühlt von außen seine Hose und zieht den Autoschlüssel heraus. Am Schlüsselanhänger baumelt ein kleiner Bär aus Hartgummi, der schneeweiß gewesen war, als Elisabeth ihn Hilbert vor Jahren einmal vom Einkaufen mitgebracht hat. Sie hört, wie Hilbert sich im Wohnzimmer von Paul verabschiedet, der nun, als Hilbert endlich geht, so tut, als habe er sich über seinen Besuch gefreut und wolle gar nicht, daß er sie verläßt. Sie reden über die Nachrichten, über die Studentenunruhen in den Städten. Paul wird immer laut, wenn er darüber zu lamentieren beginnt. Hilbert pflichtet ihm bei, aber sie glaubt nicht, daß er wirklich derselben Meinung ist. Sie fürchtet, daß er bei Paul hängenbleibt, daß die beiden den ganzen Nachmittag im Wohnzimmer sitzen werden. Sie nimmt sich vor, nun in jedem Fall zu fahren. Als Hilbert endlich gegangen ist, kommt ihr Mann in die Küche, sie hat darauf gewartet, daß er wieder wissen will, worüber sie gesprochen haben.

«Über alles mögliche, er hängt noch immer an Lia und glaubt tatsächlich, wir könnten sie umstimmen.»

«Der nimmt doch wieder Drogen, das sieht man doch. Treibt sich mit Pennern herum. Der kommt mir nicht mehr ins Haus.»

«Was soll ich denn deiner Meinung nach machen, soll ich ihn rauswerfen, dann mach das doch, du hängst nur vor dem Fernseher, und wenn er da ist, kriegst du den Mund nicht auf.» Sie knallt den Spüllappen ins Becken und läuft nach oben. Sie ist nicht einmal dazu gekommen, die Betten zu machen. Am Fußende des Bettes liegen ihr Nachthemd, Pauls Schlafanzug und Schafswollsocken, die er wegen seiner kalten Füße nachts immer anzieht. Sie ist unruhig, weil sie fast den ganzen Tag versäumt hat. Paul hat den Fernseher so laut gestellt, daß der im ganzen Haus dröhnt. Sie zieht sich um, wählt einen anderen Rock und eine neue Bluse. Als sie vor dem Spiegel steht, die Bluse zuknöpft, zittern ihre Finger, und sie bekommt einen Weinkrampf, wie konnte sie es so lange bei diesem Mann aushalten? Sie versteht Lia und gibt ihr recht. Ich hätte es damals auch so machen sollen, denkt sie. Als sie das Haus verläßt, schreit Paul hinter ihr her, will wissen, wohin sie fährt. Sie tut so, als würde sie ihn nicht hören, setzt rückwärts aus der Hofeinfahrt und fährt zur Stadt hinunter. Paul wollte nie, daß sie den Führerschein macht, versuchte ihr einzureden, daß sie viel zu nervös sei. Sie hat ihn doch gemacht, als Paul vor fünf Jahren zur Kur war. Als sie an der Kirche vorbeifährt, sieht sie Hilberts Bus. Er ist in die Kirche gegangen, denkt sie, vielleicht stimmt doch was nicht mit ihm. Da kann er zehnmal das *Vaterunser* und *Ave Maria* beten, Lia wird nicht zu ihm zurückkommen. Elisabeth fährt an der Eisdiele vorbei, die seit ein paar Wochen wieder geöffnet hat, und an Moors Schreibwarengeschäft, wo die Fotografien des Karnevalszuges im Schaufenster aushängen, auch Fotografien von Hilbert und Lia kostümiert auf einem der Wagen.

Das Schnellrestaurant, für das Hilbert nun an manchen Abenden arbeitet, befindet sich in der Nähe des Kinos. In der Küche hantieren meist zwei Frauen, die ihre Haare blond gefärbt haben und sich besonders schön vorkommen. Hilbert macht den Bring-Service. Am frühen Abend liefert er Fritten, Schnitzel und Salate nach Lückerath, Sistig, Keldenich und in andere kleine Dörfer der Gegend. Wenn jemand für mehr als zwanzig Mark bestellt, bekommt er gratis eine Dreiviertelliterflasche billigen Wein. Hilbert packt die Bestellungen in eine Warmhaltebox aus Styropor, bringt sie nach draußen, schnallt die Box auf dem Beifahrersitz fest und fährt los. Die Arbeit lenkt Hilbert von seinen trübsinnigen Gedanken ab. Auf der ersten Tour an diesem Abend muß er nach Gemünd. Die Straße führt an den Sandsteinterrassen entlang. Im Sandstein sind kleine Grotten und Nischen, in denen sie als Jugendliche gehockt und gekifft hatten. Während der Fahrt sieht er zum Sportplatz auf der anderen Seite des Flusses. Die Jugendmannschaft trainiert an diesem Abend. Aschenstaub wird vom Wind über dem Spielfeld aufgewirbelt. Vor dem Ortsausgang hängt in den efeubewachsenen Felsen eine Gedenktafel mit dem Satz eines vergessenen Dichters. *GOTT REIHT EUCH ZU GRAUEN HEEREN UND STELLT EUCH ZU WÄCHTERN DER ZEIT*, darunter sind die Namen der Gefallenen eingraviert. Hilberts Familienname steht auch auf der Tafel, sein Urgroßonkel ist in Verdun gefallen. Hilberts Eltern hatten oft von ihm erzählt, von ihm stammte das Taufkleid aus feinstem Batist, das der Urgroßonkel als Kriegsbeute mitgebracht hatte. Hilbert war in diesem Kleid getauft worden, und seine Kinder sollten auch darin getauft werden. Immer wenn er an den Felsen vorbeifährt, denkt er daran, wie er Lia zum erstenmal am Tanzplatz auf den Felsenterrassen gesehen hat. Sie war damals neunzehn Jahre, stand neben dem Holzpodest, auf dem das Maipaar tanzte, und er saß an einem der Holztische und sah die ganze Zeit heimlich zu ihr hinüber. Er hatte gleich gewußt, daß sie seine Frau werden würde. Er wagte nicht einmal, zu ihr zu gehen und um einen Tanz zu bitten. Jedes Frühjahr wurde auf der Felsenterrasse die Maikönigin ausgerufen. Hilbert erinnert sich, wie er Jahre später Lia, dem Maibrauch gemäß, dort ersteigert, auf dem Podest mit ihr getanzt und sie am nächsten Morgen mit einer weißen Kutsche und weißen Pferden abgeholt hatte. Er trägt den Zeitungsartikel mit dem Photo von Lia und ihm in der Kutsche immer noch bei sich.

Hinter dem Ortsausgang führt die Straße nicht mehr an den Sandsteinterrassen entlang. Das Tal weitet sich an einer Seite zu einer Ebene mit Schlehdornbüschen und Pappeln. Auf der anderen Straßenseite hinter der Urft liegen die Schlammbecken der Kläranlage. In der Nähe einer Parkeinbuchtung hat Tamara ihren Wohnwagen abgestellt. Er steht an einem Feldweg, der in einem Bogen wieder auf die Landstraße zurückführt. Jeder in der Gegend weiß, welche Dienste Tamara in ihrem Wohnwagen anbietet. Hilbert fährt an dieser Stelle etwas langsamer, um zu sehen, ob jemand bei ihr ist. Vielleicht sollte er sich etwas ablenken, denkt er.

Nachdem Hilbert alle Bestellungen ausgeliefert hat, besucht er sie. Falls jemand seinen Lieferwagen sehen würde, könnte er immer noch behaupten, eine Bestellung ausgeliefert zu haben. An einem der Fenster hängt ein rotes

Plüschherz, was soviel bedeutet, daß sie Besucher emp-
fängt. Aber Tamara öffnet nicht gleich, als er an die Wohn-
wagentür klopft. Hilbert hat eine Flasche aus dem Wein-
vorrat mitgenommen. Er hält das plötzlich nicht mehr für
eine gute Idee, da jeder den Wein des Schnellrestaurants
kennt. Wenn jemand bei ihr war, wird er's für sich behal-
ten, niemand wird so blöd sein, das herumzuposaunen. Er
ist nervös, weil er jeden Moment damit rechnet, daß jemand von der Straße auf den Feldweg einbiegt. Durch das
Gestrüpp dringen die Scheinwerferlichter vorbeifahrender
Autos. Man kann den Wohnwagen von der Straße aus nur
im Winter sehen, wenn das Laub abgefallen ist. Er klopft
nochmals. In der Tür des Wohnwagens sind markstück-
große Dellen, als hätte jemand mit einer Eisenstange da-
gegengestoßen, in den Dellen ist der eierschalenfarbene
Lack abgeplatzt, hier und da kleben verblaßte Abziehbilder
von Snoopy, der auf seiner Hundehütte liegt, in den
Abendhimmel blickt und über den Sinn des Lebens nach-
denkt. Hilbert hat gerade beschlossen, wieder zu gehen, als
Tamara die Tür öffnet. Sie ist ein paar Zentimeter größer
als Hilbert, trägt einen Bademantel, den sie über den Brüsten zuhält. Offensichtlich hat sie geschlafen, sie ist nicht
zurechtgemacht und scheint keine gute Laune zu haben.
Hilbert fragt, ob er ungelegen kommt. Sie erkennt Hilbert
wieder, sagt, er solle hereinkommen, sie müsse sich erst
umziehen. Hilbert denkt an seinen letzten Besuch, an all
das, was er Tamara erzählt hat, ob sie sich noch daran erinnern kann. Die Situation ist ihm plötzlich unangenehm, er
weiß nicht mehr, warum er gekommen ist. Danach wird er
sich wieder Vorwürfe machen, aber er hat nicht den Mut
zu gehen. Auf dem Bett liegen Zeitschriften, eine Tüte
Paprikachips, über dem Bett ist ein kleiner Fernseher. Sie
sagt, daß er sich schon mal ausziehen soll, und geht in eine

Ecke des Wohnwagens, die er nicht einsehen kann. Als sie wiederkommt, hat sie die Haare hochgesteckt, und sie trägt schwarze Strümpfe. Sie sagt, daß er sich hinlegen und entspannen soll. Anscheinend sieht sie, daß Hilbert nicht gut drauf ist. Hilbert hat plötzlich das Gefühl, als würde er Lia betrügen. Tamara kniet auf dem Bettrand, sie zieht den Büstenhalter aus. Während sie sich über ihn beugt, sieht Hilbert ein Muttermal auf ihrer Schulter. Es ist windig, und die Pappeläste über dem Wohnwagen schlagen ggeneinander, Stimmen wehen vom Fußballplatz herüber. Tamara gelingt es nicht einmal, das Präservativ aufzuziehen. Sie sagt, es würde extra kosten, wenn sie es mit dem Mund macht.

12

Als ich nach dem Training mit Martin und den anderen ins Schnellrestaurant kam, stand Hilbert neben der Küchentür. Er faltete Kartons für Bestellungen und stapelte sie auf der Fensterbank. Er war so geschickt im Zusammenfalten der Kartons, daß er die Arbeit mit geschlossenen Augen machen konnte, zwischendurch warf er Geld in einen Glücksspielautomaten, ließ die Walzen einen Moment rotieren, drückte dann die Stoptaste und wendete sich wieder seiner Arbeit zu. Die Pappkartons waren schon so hoch gestapelt, daß Hilbert sich auf die Zehenspitzen stellen mußte, um sie abzulegen. Über den Kartons war nur noch ein Fensterspalt zu sehen. An der Theke standen Leute, die auf Bestellungen warteten, Essen, das von den Bedienungen aus der Küche zur Theke gebracht und in

Alufolie verpackt wurde. Wir gingen an der Theke vorbei, da dort, wo wir sonst immer saßen, keine Plätze mehr frei waren. Ich hatte den ganzen Tag noch nichts gegessen. Am Vormittag hatte ich in den Gesteinsmühlen gearbeitet, ich mußte Filtersiebe reinigen und abgeschlagene Trommelkugeln nach draußen tragen. Ich war erschöpft von dem Lärm, und die Fahrt mit einem Kollegen am Nachmittag kam mir jetzt paradiesisch vor, auch wenn der die ganze Zeit geredet und ich nur die Hälfte verstanden hatte, da meine Ohren noch taub vom Krach gewesen waren. Der Steinbruch mußte vor ein paar Jahren stillgelegt werden, weil man befürchtete, das Grundwasser zu verschmutzen. Mein Kollege erzählte, man habe vor, das Steinbruchgelände weiter aufzuforsten. Unten auf der Sohle solle Mutterboden angekippt werden. Wir liefen mit einem Maßband am Rand des Steinbruchs entlang. Der Kollege nannte mir Aufmaße, die ich in eine Zeichnung eintrug. Auf der Sohle des Bruches lagen Steine im Wasser. Vom Bruchrand aus konnte man Lias und Hilberts Namen unter dem Wasser lesen. Jürgens machte mich darauf aufmerksam und sagte, daß Hilbert völlig durchgeknallt sei, er habe sich ein paarmal mit ihm unterhalten. Eine Bude, in der sich früher die Steinbrucharbeiter aufgehalten hatten, war abgerissen worden, an manchen Stellen war der Absperrdraht vor den steilen Felsgraden heruntergetreten. An den Stellen, wo man bis an den Bruchrand fahren konnte, war Abfall abgekippt worden. Hilbert hatte seinen Bus in der Nähe der Einfahrt in einem fast zugewachsenen Seitenweg abgestellt. Wir fuhren vorbei, sahen Hilbert aber nicht. Jürgens bemerkte, daß er Hilbert schon mehrmals ermahnt habe, von dieser Stelle zu verschwinden, es sei zu gefährlich, der Hang könne abbrechen.

«Der treibt sich bestimmt irgendwo im Gelände herum»,

sagte Jürgens. Ich erzählte ihm nicht, daß ich Hilbert kannte.

Als ich nun im Schnellrestaurant saß und Hilbert beim Einräumen der Bestellungen in die Warmhaltebox zusah, dachte ich daran, was er wohl abends in seinem Bus am Steinbruch machte, warum er seine schöne Wohnung aufgegeben hatte, die Wohnung, in der er geboren war und in der er mit seinen Eltern gelebt hatte. Ich dachte einen Moment darüber nach, was wohl in ihm vorgehen mochte. Er winkte mir zu und steckte die Bestellzettel mit den Lieferadressen in seine Jackentasche und ging mit der Warmhaltebox nach draußen. Wir saßen an dem einzigen noch freien Tisch neben der Klotür; wenn sich die Tür öffnete, roch es nach Kloake, und wir hörten, wenn jemand am Pissoir stand. Im Fernseher zeigten sie Bilder einer Demonstration, Studenten im Alter meines Bruders, die, von der Polizei verfolgt, über eine Straße liefen. Ein Mann, der so betrunken war, daß er sich an der Theke festhalten mußte, lallte, man müsse mit dem Gesocks kurzen Prozeß machen. Der Tisch, an dem wir saßen, war mit Essensresten verschmiert. Eine Bedienung wischte ihn ab und notierte unsere Bestellung auf einem kleinen Block. Später am Abend, als Hilbert eine Lieferung nach Broich bekam, fragte ich ihn, ob er mich mitnehme. Er war einverstanden, er freute sich darüber, daß ich mitfahren wollte. Ich setzte mich nach hinten, weil auf dem Beifahrersitz die Warmhalteboxen festgeschnallt waren.

Während der Fahrt erkundigte Hilbert sich nach meinem Bruder. Hilbert tat so, als sei Alfons sein Freund gewesen. Ich sagte, Alfons habe sich als Zeitsoldat verpflichtet, weil er Pilot werden wolle.

«Deinem Bruder trau ich das zu. Der schafft das bestimmt. Grüß ihn mal schön von mir. Du weißt doch noch, wer ich bin?» Jedesmal, wenn ich Alfons von Hilbert Grüße bestellt hatte, machte er abfällige Bemerkungen über ihn, wenn er überhaupt etwas dazu sagte. Seit einiger Zeit hatte mein Bruder nur noch die Bundeswehr im Kopf, selbst für unsere Familie interessierte er sich nicht mehr. Früher war das anders gewesen. Während der Fahrt erzählte Hilbert davon, daß er eine Firma gründen wolle.

«Ich hab jetzt schon genügend Kunden», sagte er. «Gute Arbeit abliefern, so was spricht sich herum. Man braucht Kapital, niemand schenkt einem das Werkzeug und Material. Die Banken geben dir ja nichts, wenn du kein Kapital hast. Du bist nur was, wenn du Geld hast. Wenn du nichts hast, gucken dich auch die Frauen nicht an, oder sie hauen ab, da sind sie alle gleich. Das ist so, ich wollte das früher auch nicht wahrhaben.» Er begann, von Lia zu reden, er machte sich immer noch Hoffnung, sie würde zu ihm zurückkommen. Er redete und sah zwischendurch in den Rückspiegel, und ich nickte, wenn unsere Blicke sich trafen. Vielleicht wäre er gern den ganzen Abend mit mir herumgefahren und hätte von Lia erzählt.

13

Wenn ich morgens zur Arbeit ging, war der Einkaufsmarkt noch geschlossen. Von der Bäckerei-Filiale wurde gerade Brot angeliefert; ein dicker, mit Mehl bestäubter Mann trug Körbe in den Seiteneingang. Die Verkäuferinnen beschwerten sich immer über diesen Mann, weil er oft grundlos herumnörgelte und falsche Backwaren anlieferte oder sich weigerte, Waren, die sie nicht verkauft hatten, mit zu anderen Filialen zu nehmen. Am Fenster saß der Chef des Marktes und frühstückte, einige Verkäuferinnen saßen ihm gegenüber. An der Glastür hing das Plakat für unser Match gegen Mechernich. Vor der Glastür, die in den Laden führte, war das Gitter noch heruntergelassen. Hilbert saß allein an einem Tisch. Er wirkte sehr niedergeschlagen, anscheinend war er immer noch nicht darüber hinweg, daß Lia eine Affäre mit Baptist hatte. Nach dem, was Mutter mir erzählt hatte, wurde er immer seltsamer, Effers hatte ihn schon mehrmals aus dem Lokal gewiesen. Hilbert tat mir leid, ich verstand nicht, wie es soweit kommen konnte, wie er sich wegen einer Frau so verrückt machen konnte. Mutter meinte, daß man sich nicht in solche Affären einmischen solle, man mache alles nur noch schlimmer, und nachher stehe man selbst als der Dumme da. Ihrer Meinung nach war Lia ohnehin an allem schuld. Ich hatte selbst meine Sorgen, hatte Schwierigkeiten in der Schule, und mein Leben bestand, wie mir schien, seit einiger Zeit nur noch aus der Arbeit im Zementwerk. In der Schule lief es schlecht. Ich konnte mir nichts merken. Vielleicht setzte ich mich selbst zu sehr unter Druck. Ich sah keine andere Möglichkeit, als die Schule abzuschließen und woanders hinzugehen. Ich dachte, daß ich in Kall niemals das finden würde, was ich suchte. Ich weiß mittlerweile, daß es nicht an Kall lag, das meiste, was gut oder schlecht an einer Gegend ist, stammt von einem selbst. Aber damals dachte ich ganz anders darüber, ich bekam nicht einmal mit, daß ein schöner Sommermorgen war, ich lief am Supermarkt vorbei zum Bahnerhaus und begegnete Lia, die gerade Clara zum Kindergarten brachte. Wahrscheinlich saß Hilbert nur in der Cafeteria, um sie abzupassen. Der Pfad an der Urft entlang war für mich der kürzeste Weg, um zur Arbeit zu kommen. Er führte am Sägewerk vorbei, wo es in der frischen Morgenluft nach Harz und feuchtem Holz roch. Wenn ein Zug kam, wirbelte Holzmehl von Boxen unterhalb der Quersäge auf, senkte sich langsam auf Pfad und Fluß. Ich lief weiter zum Zementwerk, in dem ich immer da arbeitete, wo jemand gebraucht wurde, am Drehofen, bei den Klinkersilos oder in der Packerei. Da ich in der Regel Früh- oder Nachtschicht hatte, war ich fast immer müde. In der Packerei schraubte ich den ganzen Tag über Füllstutzen an Silolastwagen, saß auf Anhängern, wartete, bis das Silo vollgelaufen war, schaltete dann das Gebläse wieder ab, mit dem das Zementmehl in die Silos geblasen wurde, löste den Füllstutzen, kletterte vom Wagen herunter und wartete auf den nächsten Lastwagen. In der Mittagspause ging ich zum Magazin. Meier, der Magazinverwalter, war ein kleiner, schmächtiger Mann mit silbergrauen Haaren, der sehr viel redete und nur aufhörte, wenn er nach vorne mußte, wo die Kunden abgefertigt wurden. Ich stand mit ihm hinter den Regalen und rauchte. Meier erzählte, er kenne Mutter von früher, sei in Prüm aufgewachsen und habe auf dem Marktplatz bei ihr Eis gekauft. Sie habe langes kastanienrotes Haar gehabt. Zwischen seinen Zähnen waren dunkle Lücken, und er roch aus dem Mund. Er sagte, ich solle zusehen, daß ich nicht im Werk hängenbliebe, er habe auch nur kurz dableiben wollen, aber jetzt wären es schon Jahrzehnte. Meier verschwand hinter den hohen Holzregalen, sein langer grauer Kittel schleifte über den Betonboden. Er hatte jeden Artikel seines Lagers im Kopf. In den Holzregalen lagen Stutzen, Rohrmanschetten, Schmierfett, Kisten mit Arbeitsschuhen, aufeinandergestapelte Schweißschilder. Nur mit einem Schweißschild vor dem

Gesicht konnte man in das glühende Innere des Drehrohrofens blicken. Meier gab mir die Bierflaschen, ich wußte, daß er mir immer alles gab, selbst wenn ich mal kein Geld hatte. Wenn ich es recht bedenke, sind mir immer nur Leute begegnet, die bloß wollten, daß man sie liebt oder Verständnis für sie aufbringt. Ich ging zu den stillgelegten Gleisen hinter der Packerei, setzte mich in einen der Eisenbahnwaggons und sah zur Wendeplatte und dem Bahndamm hinüber. Seit einigen Jahren wurde mit den Waggons kein Zement mehr transportiert, sie rosteten vor sich hin, zwischen den Gleisen wuchsen Birken. Ich rauchte, trank das Bier und nickte ein. Als ich wach wurde, war es Zeit, wieder an die Arbeit zu gehen. Silolastwagen fuhren oberhalb der Packerei über die Straße ins Werk, an der Tonnenwaage vorbei, und ratterten übers Kopfpflaster. Ich winkte die Fahrer zum richtigen Einfüllstutzen und kletterte über die Leiter am Silo hinauf.

Nach der Arbeit lief ich wieder nach Kall, um von dort mit dem Zug zum Abendgymnasium zu fahren. Martin setzte sich zu mir, legte die Füße auf den Sitz gegenüber und fragte beiläufig, was wir die letzte Zeit durchgenommen hatten. Martin lernte, soviel ich wußte, überhaupt nicht. Er kam fast nur zu den Tests, dennoch bekam er gute Noten. Während wir durch den Tunnel fuhren, redete er von Ingrid, wollte wissen, was ich von ihr halte, aber ich kannte sie so gut wie gar nicht. Ich hatte den Eindruck, daß er nur zur Schule kam, um mit mir über diese Frau zu reden. Mich interessierte das überhaupt nicht, ich wollte mich auf einen Test vorbereiten, den wir schreiben würden. Ich war nervös, weil ich ihn mindestens mit befriedigend abschließen mußte, aber mein Kopf schien mir vollkommen leer. Dann hielt der Zug mitten auf der Strecke, direkt oberhalb der Einfahrt ins

Bleibergwerk. Wir lehnten uns weit aus dem Fenster und sahen bis zur Spitze des Zuges. Seit das Bleibergwerk stillgelegt worden war, befanden sich in den Gängen und Schächten Bundeswehranlagen. Das Gelände war umzäunt, ein Wachmann lief mit einem Schäferhund am Zaun entlang. Auf der Wiese unterhalb des Bahndamms standen Container. Als wir endlich weiterfuhren, dämmerte es schon. Die Überlandleitungsmasten warfen große Schatten, und auf der Wallenthaler-Höhenstraße sah man die Scheinwerferlichter der Autos, die von Köln in die Eifel hinunterfuhren. Martin versuchte mich zu überreden, die Schule zu schwänzen. Er sagte, es lohne sich doch nicht mehr, er schimpfte und trottete hinter mir her. Wir kamen fast zwei Stunden zu spät. Der Test war bereits geschrieben worden, und wir gingen mit dem Lehrer in ein anderes Gebäude, wo jeder von uns in ein leerstehendes Klassenzimmer gesetzt wurde, um den Test nachzuschreiben. Da niemand da war, der uns kontrollierte, ging ich zu Martin und fragte ihn, wenn ich nicht weiterwußte.

Als ich nach Hause kam, saß Mutter im Wohnzimmer vor dem Fernseher. Sie sagte, Alfons habe angerufen und sich nach mir erkundigt. Sie sagte es in einem vorwurfsvollen Ton, so als hätte ich die ganze Zeit darauf zu warten, daß mein Bruder anruft. Ich hatte keine Lust mehr, mit ihm zu reden, immer fragte er, was zu Hause los war, und gab gute Ratschläge. Ich hatte gemerkt, daß er nicht so klug war, wie er mir früher erschienen war, und daß er wie alle anderen Schwierigkeiten hatte, mit dem Leben zurechtzukommen. Ich konnte nicht mehr mit ihm reden, er meinte, alles besser zu wissen. Ich nahm ihm übel, daß er sich aus dem Staub gemacht hatte und nun glaubte, aus der Ferne alles kontrollieren zu können.

«Was hast du ihm denn wieder erzählt?» fragte ich.

«Ich hab ihm gesagt, daß du nichts anderes mehr als deine Schule im Kopf hast, dich um nichts kümmerst im Haus und ich alles alleine machen muß.» Ich antwortete ihr nicht, sondern ging auf mein Zimmer, während Mutter auf einen Anruf von Vater wartete. Er war irgendwo auf Montage, meist wußten wir nicht einmal, in welcher Stadt er sich gerade aufhielt.

14

Ich hatte von Freitag auf Samstag Nachtschicht gehabt und stand am Morgen mit den Kollegen im Umkleideraum vor den Spinden. Ich war müde und taub vom Lärm der Drehmühlen, wir mußten die ganze Nacht durcharbeiten wegen eines defekten Motors. Ich bekam die Unterhaltung der Kollegen nur am Rande mit, wie durch einen Filter gedämpft. Sie redeten vom anstehenden Sportfest und dem fünfzigjährigen Bestehen des Fußballvereins. Am Abend spielte auf den Sandsteinterrassen eine Band zum Tanz auf. Ich mußte zur Schule, danach hatte ich Ersatzdienst. Ich zog mich um, holte meine Schulsachen aus dem Spind und lief vom Zementwerk nach Sötenich und von dort zwischen der Urft und den Gleisen zum Supermarkt, um zu frühstücken. Beim Wehr begegnete mir Hilbert, er war mit einem der Männer zusammen, die immer am Bahnhof herumlungerten. Ich sah ihn manchmal dort, wenn ich von der Schule kam. Hilbert kam mit dem Mann aus der kleinen Hütte, die am Fluß in der Nähe des Wehrs stand. Die Wellblechhütte war nur einen Quadratmeter groß und stand direkt am Ufer. Bei Hochwasser verschwand sie bis zum Dach in den Fluten. Die Bahn hatte früher dort Werkzeug gelagert. Ich fragte mich, was die beiden in einer so engen Hütte gemacht hatten. Hilbert wankte zum Wehr, kletterte umständlich auf den Steg und balancierte bis zum Ende, wo er sich hinsetzte. Er sah zu mir herüber, schien mich aber nicht zu erkennen. Ein Zug fuhr die Strecke nach Gerolstein hinunter. Er ratterte so dicht an mir vorbei, daß der Fahrtwind mich zur Seite drückte. Die Gleise verliefen auf einem Schotterdamm. Ich sah, wie Hilbert den Fahrgästen vom Steg aus zuwinkte, und ich dachte, daß er völlig durchgedreht sei. Er war vor einiger Zeit betrunken im Supermarkt erschienen, hatte herumgeschrien, Waren von Lias Förderband geworfen und wollte sie aus dem Laden zerren. Seither hatte er Hausverbot im Supermarkt.

Als ich in die Cafeteria kam, saß Martin mit Ingrid zusammen. Ich wollte sie nicht stören, aber Ingrid rief, daß noch ein Platz frei sei. Sie wollte anscheinend nicht weiter mit Martin reden. Ich setzte mich zu ihnen, kam mir aber bald überflüssig vor und wäre am liebsten gegangen, aber ich brachte es nicht fertig aufzustehen. Als Martin beleidigt weggegangen war, machte Ingrid sich lustig über ihn, äffte seine Art zu reden nach und sagte, daß sie froh sei, endlich in Ruhe frühstücken zu können. Sie hielt eine Hand unters Kinn, damit beim Essen nichts vom Brötchen auf ihren Pullover krümelte. Sie sah mich die ganze Zeit dabei an, redete vom Tanz am Abend, fragte, ob ich kommen würde. Ich sagte, ich wüßte es nicht genau, da ich zur Schule müsse und danach Ersatzdienst habe.

«Hoffentlich versäumst du nichts», sagte sie. Wir redeten über die Schule und was ich nach dem Abschluß vorhatte. Ich dachte den ganzen Tag an sie, während der Fahrt mit dem Zug nach Euskirchen, in der Schule und später beim Ersatzdienst, während wir hinten in einem alten Sanitätswagen saßen. Wir fuhren zu einer Tongrube bei Euskirchen, luden die Sanitätsausrüstung aus, schlugen uns in die Büsche und warteten darauf, daß der Nachmittag verging.

Als ich am späten Abend nach Kall kam, hörte ich auf dem Bahnsteig Musik, die von den Sandsteinterrassen herüberkam. Ein paar Männer liefen in die Stadt und sprachen davon, daß sie zum Festplatz auf dem Fels wollten. Ich ging hinter ihnen her. Als ich den Pfad zu den Sandsteinterrassen hinauflief, kam Martin mir entgegen, er war so betrunken, daß ich nicht mit ihm reden konnte, er stieß mich weg und schrie, ich solle ihn in Ruhe lassen. Oben auf der Wiese standen nur noch einige Leute an der Bierbude, die meisten waren schon nach Hause gegangen. In den Zweigen über der Tanzfläche hingen bunte Lichterketten. Baptist und Lia tanzten engumschlungen. Sie waren alleine auf der Tanzfläche, und ich hatte den Eindruck, als gäbe es im Moment für sie sonst niemanden auf der Welt. Ich fragte mich, wo Hilbert steckte, ich hatte ihn bisher jedes Jahr auf dem Sportfest gesehen. Ingrid räumte die Biergartentische ab. Sie stellte leere Gläser auf ein Tablett und brachte sie zur Bierbude. Sie trug einen Rock, der über ihren Kniekehlen endete und eng an ihrem Hintern anlag. Sie kam zurück, gab mir ein Bier und sagte, es sei schön, daß ich gekommen sei. Sie erzählte, daß Martin zuviel getrunken habe und aufdringlich geworden sei.

«Mein Mann hat auch noch daneben gestanden.»

«Wo ist Ihr Mann denn jetzt?»

«Der ist schon nach Hause gegangen – Gottseidank.

Hättest du ihn gerne kennengelernt?» Sie sah mich an und lächelte.

«Martin wollte mir eigentlich helfen. Du könntest doch für ihn einspringen, was hältst du davon?» Sie reichte mir einen Plastiksack, den ich offenhielt, während sie Pappteller und Servietten hineinwarf. Später brachten wir die Müllsäcke zu den Containern, die oben am Feld in der Nähe der Anfahrt standen. Wir schleppten die Säcke über einen steilen Pfad die Anhöhe hinauf. Bei den Containern angekommen, war sie außer Atem, und es war so dunkel, daß ich sie nicht sehen konnte. Sie nahm meine Hand, kam näher und legte dann ihren Kopf an meine Brust. Unten auf dem Platz hatten sie die Lichterketten gelöscht. Nachdem der Generator abgeschaltet war, wurde es still, bis auf ein paar flüsternde Stimmen. Ich war noch nie von einer Frau so geküßt worden, es war mir egal, daß Martin mein bester Freund war. Ich wußte, daß Martin mir das nie verzeihen würde. Unten gingen Leute über den Pfad zur Straße. Ingrid hatte ihren Rock hochgezogen. Ich mußte sie etwas anheben und gegen den Container drücken. Ihr Speichel schmeckte nach Bier und gegrilltem Fleisch, und ich fürchtete, man würde ihr Stöhnen auf dem Platz hören. Meine Knie waren weich und zitterten nachher von der Anstrengung.

15

Als Lia mit Baptist tanzt, ist sie so glücklich wie schon lange nicht mehr. Sie weiß, es ist unvorsichtig von ihnen, irgendwer wird es bestimmt weitertratschen. Baptist flüstert ihr ins Ohr, daß er sie liebt und sich von seiner Frau trennen will. Lia hätte ihm in diesem Moment alles geglaubt. Ihr ist ein wenig schwindlig, weil sie zuviel getrunken hat. Es sind nur noch wenige Leute auf dem Festplatz. Für einen kurzen Moment hat sie Leo gesehen, er hat mit Ingrid Plastiksäcke zu den Containern getragen, und sie hat sich gefragt, ob er etwas mit ihr hat. Baptist küßt Lia, fragt, ob er die Nacht über bei ihr bleiben könne.

Bevor sie miteinander schlafen, geht Lia noch in Claras Zimmer. Sie liest den Zettel vom Babysitter. Clara hat sich gut geschickt. Das Mädchen hatte schon an der Haustür gestanden, wollte gerade gehen, als sie die Treppe hinaufkamen. Lia wollte auch nicht so lange wegbleiben. Sie ist beruhigt, daß mit Clara alles in Ordnung ist, manchmal steht Clara im Schlaf auf und wandelt in der Wohnung umher. Sie hat die Decke weggestrampelt, einige Haare kleben auf ihrer Lippe, Lia streicht sie weg und gibt ihr einen Kuß. Clara sagt etwas im Schlaf, zieht die Beine unter der Bettdecke an und kuschelt sich zusammen. Sie bleibt noch einen Moment in Claras Zimmer, geht leise zum offenen Fenster. Das Fenster liegt zum Bahngelände. In den letzten Jahren hat sich das Sägewerk immer weiter ausgedehnt, die Geschäftsleitung hat Bahngelände dazugekauft, auf dem nun Holzstämme lagern. Lia hat das Gefühl, daß Hilbert irgendwo in der Nähe sein könnte. Aber seit zwei Wochen hatte sie ihn nicht mehr gesehen, er war auch nicht auf dem Tanzplatz. Vielleicht ist er endlich vernünftig geworden, denkt sie, sie lehnt aus dem Fenster, sieht die Bahngleise hinunter, die dicht am Haus vorbeiführen und in der Dunkelheit hinter dem Sägewerk verschwinden. Ein Teil der Gleise ist stillgelegt und verrostet. Auf dem Bahnhofsgelände brennen Scheinwerfer, aus einem Häuschen bei den Gleisen hört man die Stimmen Jugendlicher. Lia schließt das Fenster, sieht nochmals nach Clara, bevor sie zu Baptist geht.

«Clara schläft fest», flüstert sie und drückt die Tür hinter sich zu. «Aber wir müssen trotzdem leise sein.» Baptist nickt, sie fühlt sich ein bißchen beschwipst, möchte ihn am liebsten umarmen. Im Zimmer ist es dunkel bis auf die Lichtwerbung vom Supermarkt. Man kann den Fluß hören; die Erlenblätter am Ufer rauschen. Manchmal wird sie nachts wach, kann nicht mehr schlafen und lauscht dem Fluß. Baptist umarmt sie, sie küssen sich, ziehen sich aus und legen sich auf die Matratze. Baptist flüstert, er habe in seiner Jugend auch auf Matratzen geschlafen. Er hat den Kopf auf den angewinkelten Arm gestützt, sieht sie an, und sie fragt ihn, was er denkt.

«Man kann nicht immer sagen, was man denkt, gerade dann, wenn man glaubt, endlich etwas zu wissen, kann man es nicht sagen.»

«Ich wüßte es aber gern», sagt sie.

«Ich sag's dir, wenn ich es kann.» Seine Fingerspitzen streicheln zärtlich über ihr Gesicht. Sie trinken aus einer Sektflasche, die sie vom Festplatz mitgebracht haben. Baptist hat die Flasche geöffnet, während Lia bei Clara gewesen ist. Sie trinkt Sekt aus seinem Mund, ihre Finger ertasten eine Narbe an seinem Oberschenkel, glatte Haut, ohne ein Härchen, wie gespanntes Zellophan. Baptist erzählt, er sei als Junge im Wald beim Spielen in einen abgebrochenen Stock gesprungen. Er habe gar nichts gespürt, sei auf der Deichsel eines Traktoranhängers nach Hause gefahren, und von dort habe man ihn, erschreckt über die klaffende Wunde, zum Arzt gebracht. Er lacht leise, sieht sie an und schüttet etwas Sekt in ihren Bauchnabel, um daraus zu trinken. Nachdem sie miteinander geschlafen haben, steht

Baptist auf, um am Fenster zu rauchen. Er sagt, daß Hilberts Bus auf der anderen Flußseite steht.

«Hast du es schon vorher gewußt?»

«Wenn ich es dir gesagt hätte, hättest du dich doch nur aufgeregt.»

«Ich hätte mich aufgeregt, und ich rege mich auch jetzt noch darüber auf, daß er mich nicht in Ruhe lassen kann.» Baptist legt sich wieder zu ihr und schläft bald ein, während sie noch dem Fluß lauscht, sich von Hilbert abzulenken versucht, sich vorstellt, wie Wasser über moosbewachsene Steine fließt und lange dunkelgrüne Algenfäden sich in der Unterwasserströmung bewegen.

Als Lia am Morgen aufsteht, um zum Klo zu gehen, stößt sie gegen die Sektflasche, sie kullert über den Boden bis zur Wand unter dem Fenster. Hilberts Bus steht nicht mehr da. Sie überlegt, was er macht, wo er sich jetzt herumtreibt. Als sie wieder im Bett liegt, hört sie den Frühzug in den Bahnhof einfahren. Baptist schläft noch. Er hat sich von ihr weggedreht, seine Haut ist warm und ein wenig feucht, Lichtstreifen erscheinen an der Wand, fallen auf Claras Bilder, die einen roten Zug zeigen, eine Erdkrötenkönigin, von der Clara behauptet, sie lebe im Keller. Im Keller wimmelt es im Frühjahr von jungen Kröten. Als Baptist aufwacht, schlafen sie noch einmal miteinander. Danach zieht Baptist sich an, er muß schnell weg, sie spürt, daß er schon bereut, bei ihr geblieben zu sein.

«Vielleicht sehen wir uns am Sportplatz, ich steh heut mit dem Imbißwagen dort, aber meine Frau ist auch da.» Als Baptist gegangen ist, weint sie, ohne genau zu wissen warum. In der Stadt bereitet man sich auf das Fest vor. Sie hört Musikkapellen, die von umliegenden Dörfern nach Kall gekommen sind, durch die Straßen marschieren, sie ist müde und schläft wieder ein.

16

Als Clara Lia wachrüttelt, ist schon Nachmittag. Lia hätte am liebsten den ganzen Tag durchgeschlafen. Aber Clara will unbedingt zum Entenrennen. Seit Wochen schwärmt sie davon. Sie ist ganz verrückt nach einem Plastikentchen und fürchtet, sie würde zu spät kommen, um eins zu kaufen. Lia muß sofort aufstehen und mit ihr an den Stand vor der Urftbrücke gehen. Clara gibt dem Entchen, das Lia ihr gekauft hat, einen Kuß und flüstert ihm ins Ohr, es müsse den ersten Preis gewinnen. Die Nummer der Ente wird in einer Liste notiert. Dann muß Clara die Ente zurückgeben, und sie wird in einen Plastiksack geworfen. Als der Mann Claras entsetztes Gesicht sieht, lacht er:

«Die bereiten sich auf das Rennen vor und unterhalten sich noch ein bißchen.» Er öffnet den Sack und zeigt Clara all die anderen Enten. Der Mann zwinkert Lia zu und gibt ihr einen Quittungszettel mit der Nummer ihrer Ente. Dann geht Lia mit Clara zur Brücke. Sie suchen eine Stelle, von der aus sie den Start verfolgen können. Sie finden gerade noch einen Platz am Geländer. «Letztes Jahr war viel weniger los», sagt jemand. «Dieses Jahr bekommt der Gewinner auch eine Reise nach Mallorca.» Lia setzt Clara auf das Brückengeländer, legt beide Arme um ihren Bauch und hält sie fest. Zwei Männer in hohen Anglerstiefeln klettern den Hang zur Urft hinunter. Sie haben die Säcke mit den Entchen geschultert. In der Mitte der Böschung gleitet einer von ihnen aus und rutscht auf dem Hosenboden bis zum Ufer. Die Männer waten zur Flußmitte, verschwinden in der auf dem Wasser glitzernden Sonne. Clara wackelt ungeduldig, schlägt mit den Hacken gegen das Geländer. Die Männer haben die Säcke ausgeschüttet und stehen inmitten einer Schar roter, blauer und grüner Entchen vor einer im Wasser schwimmenden Startlinie. Lia hat Mühe, Clara auf dem Geländer festzuhalten. Sie schimpft mit ihr, droht, sie würden nach Hause gehen, wenn sie nicht stillsäße. Mit dem Startschuß entfernen die Männer die als Startlinie dienende Dachlatte. Die Entchen verharren einen kurzen Moment, drehen sich dann im Kreis und werden schließlich von der Strömung erfaßt, einige schwimmen ans Ufer, bleiben im Gestrüpp hängen und werden von Helfern wieder in die Strömung gesetzt.

«Wo ist denn dein Entchen, Clara?» fragt Hilbert. Erschrocken dreht Lia sich um. Hilbert lächelt sie verlegen an, er hat Pusteln auf der Wange und am Hals, die er aufkratzt, weil er nervös ist. Clara zeigt auf ihre Ente. Sie meint genau zu wissen, welches ihr Entchen ist. Am Ufer laufen übermütig schreiende Kinder. Sie verschwinden unter der Brücke. Clara will zur anderen Brückenseite. Sie nimmt Hilberts Hand, zieht ihn über die Straße. Er sieht entschuldigend zu Lia hin. Da Leute am Geländer stehen und Clara nichts sehen kann, hebt Hilbert sie hoch, setzt sie auf seine Schultern. Clara blickt von Hilberts Schultern aus zum Fluß und sucht nach ihrer Ente. Sie zeigt auf eine, die am Ufer schwimmt, dann aber in eine Strömung gerät, die sie schnell wieder zur Mitte bringt, sie schwimmt durch die Schatten der großen Kastanien im Park der Notarsvilla. Die Männer waten durch den Fluß und folgen der Entenschar. Aus der Wirtschaft von Effers dröhnt Musik und das Grölen von Besoffenen. Die Urft schlängelt sich hinter den Geschäftshäusern durch Kall. Hilbert ist mit Clara vorausgelaufen. Sie kommen an der Eisdiele vorbei, laufen über die Brücke. Die Musikkapelle spielt auf dem Sportplatz. Lia ist unruhig, sie hätte Clara nicht mit Hilbert gehen lassen sollen. Sie wollte nicht zum Sportplatz, wegen Baptist, aber nun muß sie dahin, sie will ihn nicht mit seiner Frau zusammen sehen. Baptists Imbiß steht neben dem Eingang zu den Sportanlagen. Sie sieht, wie er gebratene Hähnchen von einem Spieß abmacht. Er trägt eine mit Fett und Gewürzen beschmierte Schürze, reibt sich mit dem Arm über die schwitzende Stirn und wischt mit einem Lappen über die Theke. Seine Frau steht im Wagen neben ihm. Er hat erzählt, er würde sich mit seiner Frau nicht mehr verstehen. Sie ist klein und schlank, hat kurze blonde Haare. Lia findet sie hübsch, hübscher als sich selbst. An der Kasse steht sie neben Baptist und wartet, bis er das Wechselgeld herausgenommen hat. Sie verstehen sich wortlos. Sie holt das Sieb aus der Friteuse, klopft das Fett ab, salzt und wendet auf dem Rost liegende Würstchen. Lia glaubt nicht mehr, was Baptist in der vergangenen Nacht gesagt hat. Als sich ihre Blicke treffen, sieht sie, daß er Angst hat, daß sie zu ihm kommen könnte. Sie huscht am Wagen vorbei, geht zur Sportanlage, um an den Fluß zu gelangen. Während der Halbzeit hocken die Spieler im Gras, sie trinken Mineralwasser, einer kippt sich den Rest aus der Flasche über Kopf und Nacken. Die Enten treiben auf einem langen geraden Flußstück auf das Ziel zu. Lia sucht Clara und Hilbert. Sie macht sich Vorwürfe, daß sie die beiden allein gelassen hat. Schließlich entdeckt sie Hilbert auf der anderen Flußseite. Er geht mit Clara auf den Schultern über die stillgelegten Gleise, läuft dann den Bahndamm hinunter durch das hohe Gras zum Fluß. Sie hat Clara immer wieder eingebleut, nicht auf die Gleise zu gehen, auch wenn sie stillgelegt sind. Die blühenden Nachtviolen reichen Hilbert bis zur Hüfte. Die ersten

Enten sind am Ziel angelangt. Helfer hinter den Dachlatten fischen die Enten der Reihe nach aus dem Wasser und notieren die Nummern. Hilbert watet mit Clara auf der Schulter durch das Wasser, erklettert die Böschung, jemand gibt ihm die Hand und zieht ihn das letzte Stück hinauf. Als er zu Lia kommt, herrscht sie ihn an, wie er dazu komme, mit Clara einfach wegzugehen, sie habe sich Sorgen gemacht. Sie läßt ihre schlechte Laune an ihm aus. Wie immer ist Hilbert nicht einmal in der Lage zu antworten, stottert und sieht auf seine nassen Schuhe herab. Clara hat nur ihre Ente im Kopf, die mit den andern zur Tribüne gebracht wird. Dort sollen nach dem Fußballturnier auch die Gewinner des Entenrennens bekanntgegeben werden. Viele der Preise wurden von örtlichen Geschäftsleuten gestiftet. Man kann Clara nicht begreiflich machen, daß das Siegerentchen erst später, nach dem Fußballspiel, bekanntgegeben wird. Lia nimmt Claras Hand und läuft zum Spielfeldrand, sie läßt Hilbert einfach stehen, setzt sich am Spielfeldrand ins Gras. Martin und Leo sind unter den Spielern. Sie wundert sich, wie erwachsen Leo geworden ist. Sie erinnert sich an die Zeit, als sie Sanny in der Wirtschaft geholfen hat, eine Zeit, die jetzt schon viele Jahre zurückliegt. Clara turnt am Geländer des Spielfelds, die meisten Zuschauer stehen auf der gegenüberliegenden Seite. Beim Überschlag an der Stange kann man Claras Höschen sehen, und Lia überlegt, ob sie Clara vom Geländer wegholen sagen soll. Doch Clara hat im Moment ihr Entchen vergessen, und es ist auch nicht schlimm, wenn man das Höschen eines kleinen Mädchens sieht. Der Trainer geht am Spielfeldrand entlang und brüllt Anweisungen. Hilbert läuft zum Imbiß hinüber. Sie ist zu froh, daß er endlich weg ist, daß sie ihre Ruhe hat. Hilbert bleibt vor dem Imbiß stehen und kauft eine Wurst, dann hört sie ihn schreien, daß Rattenfleisch in der Wurst sei. Alle drehen sich nach ihm um. Wie ein Verrückter stellt er sich an. Baptist versucht ihn zu beruhigen, aber Hilbert gibt keine Ruhe, er spuckt die Wurst aus und geht zu jedem, der vorbeikommt, und schreit immer wieder, daß Scheiß-Rattenfleisch in der Wurst sei. Schließlich kommt Baptist aus dem Wagen, er legt den Arm um Hilberts Schulter und redet beruhigend auf ihn ein. Aber Hilbert läßt sich nicht beruhigen. Er brüllt, Baptist habe eine von Gott geheiligte Ehe zerstört, Gott werde ihn bestrafen.

17

In den Sommerferien traf ich mich jede Woche mit Ingrid. Ich holte sie von der Arbeit ab, und wir schlichen ins Lager hinter unserer Wohnung. Mutter kellnerte in dieser Zeit bei Effers. Da es im Lager kein Licht gab, tasteten wir uns eine Treppe hinauf, die vom Untergeschoß in die Lagerräume führte, die sich auf derselben Etage wie unsere Wohnung befanden. In diese Räume ging niemand mehr, da sie mit alten Waschmaschinen, Elektroherden, Paletten, Kabelresten und Kartons vollgestopft waren. Unser Vermieter verstaute in dem Lager alles, was er irgendwo auftreiben konnte. Wenn seine Arbeiter Küchengeräte oder elektrische Anlagen demontiert hatten, brachten sie die Sachen ins Lager, und manche Geräte wurden woanders wieder eingebaut, aber das meiste vergammelte. Der Besitzer kam ein- oder zweimal die Woche am Nachmittag und inspizierte sein Areal. Er trug einen blauen Kittel, lief suchend über den Hof. Bobby stand oben auf der Terrasse und kläffte zu ihm hinunter. Das gefiel dem Besitzer, denn er meinte, Bobby würde sein Gelände bewachen. Als wir Bobbys Kläffen hörten, dachten wir, der Besitzer sei gekommen, aber es war nur jemand, der die Straße entlangspazierte. Ich hatte Mühe, Ingrid zu beruhigen, sie wollte gehen, schon auf dem Weg zum Lager war sie schlecht gelaunt gewesen, sie sagte, daß sie so etwas eigentlich nicht nötig habe. Die Wände waren so dünn, daß wir meine Schwestern hören konnten. Sie saßen vor dem Fernseher und sahen sich die seltsamen Abenteuer des Hiram Holliday an, eines kleinen Mannes in Frack und Melone, der mit seinem Schirm gegen Bösewichte focht, es waren Wiederholungen der Folgen, die ich in ihrem Alter auch gern gesehen hatte. Meine Schwestern lachten, und ich dachte, daß Hiram jetzt gerade mit seinem Schirm aus einem Flugzeug sprang, mit einer Hand die Melone auf dem Kopf festhielt und in der anderen den aufgespannten Schirm. Ich schlief zum letztenmal mit Ingrid. Bestimmt hatte sie schon eine ganze Zeit darüber nachgedacht, wie sie es mir sagen sollte. Für sie war es nicht so wichtig wie für mich. Es ist ein Fehler anzunehmen, daß die Menschen – auch die, denen man ganz nah ist und die man zu lieben glaubt – die gleichen Gefühle haben wie man selbst. Damals dachte ich, es müßte so sein. Wir liebten uns auf einer Decke, die Ingrid mitgebracht hatte, als wir uns zum erstenmal im Lager getroffen hatten. Danach verstaute ich die Decke wieder in einer alten Waschmaschine. Ingrid zog sich an und ging zum Schaufenster, wo eine kleine Lücke frei war, so daß man nach Kall hinuntersehen konnte. Da es dunkel geworden war, sah man nur Straßenlampen und umherfahrende Autos, deren Lichter aussahen wie Funken eines glimmenden Lagerfeuers.

18

Im September verlegten wir im Zementwerk ein armdickes Stromkabel. Wir mußten es von der Trafostation durch den Fluß bis in den unteren Teil des Zementwerkes zum Hauptverteiler ziehen. Das Kabel wurde im Fluß eingegraben und mit Hohlsteinen abgedeckt. In den Pausen saß ich mit den Werkselektrikern am Flußufer. Ein Elektriker watete mit aufgekrempelten Hosenbeinen durch das Wasser, um Forellen zu fangen. Der Elektriker beugte sich über das Wasser, beobachtete die Fische, tauchte mit seiner Hand vorsichtig ins Wasser ein und griff auf einmal blitzschnell zu und schleuderte die Forelle ans Ufer, wo sie herumglitschte, und versuchte, wieder ins Wasser zu kommen, bis wir ihr mit einem Stein auf den Kopf schlugen. Der Elektriker fing so viele Forellen, daß ich auch einige abbekam. Mutter mochte gerne Forellen. Als ich Feierabend hatte, wickelte ich die Fische in große rhabarberähnliche Blätter, die am Ufer wuchsen, und steckte die Tüte in meine Schultasche.

Am Bahnhof begegnete ich Martin. Nach langer Zeit sprachen wir wieder miteinander. Darüber war ich sehr froh, auch wenn mir Freundschaft damals noch nicht so viel bedeutete. Wir fuhren wieder gemeinsam zur Schule und fuhren auch wieder zusammen nach Kall zurück. Im Schevener Tal waren die Erdbeerfelder bereits abgeerntet. In den Jahren zuvor war ich mit Martin noch nachts zu den Feldern gelaufen, wir hatten uns im Feld liegend mit Erdbeeren vollgestopft und über Mädchen geredet. All das schien mir jetzt eine Ewigkeit her. Hinter Scheven tauchte der Zug in den Tunnel, dann schwebte er auf dem höher gelegenen Bahndamm am Gebrauchtwagenhändler vorbei und weiter entlang der Straße bis zur Kreuzung vor der Raiffeisenkasse. Vor der Kasse plätscherte ein kleiner beleuchteter Springbrunnen, an dem Jugendliche saßen.

Als ich nach Hause kam, gab ich Mutter die Forellen. Sie schnitt ihre weißen Bäuche über der Spüle mit einem scharfen Schälmesser auf, holte Organe und Laich heraus und ließ Wasser in ihre Bäuche laufen. Als die Forellen in der Pfanne brieten, konnte man sehen, wie ihre Augen glasig wurden und die farbigen Punkte auf ihrer Haut sich erst goldgelb und dann kupfern färbten.

19

Gleich an seinem ersten Urlaubstag begann Vater, das Vordach der Terrasse zu bauen. Er sagte, das sei notwendig, damit kein Schnee zur Haustür hineinwehte und wir endlich Briketts unter dem Dach stapeln könnten. Die Überdachung sollte sich über die gesamte Länge der Terrasse erstrecken. Wir benötigten eine Woche für die Unterkonstruktion, danach half ich, die Platten aufzulegen und festzuschrauben. Vater reichte mir die durchsichtigen Wellplatten nach oben, ich legte sie auf die Unterkonstruktion, und Vater schob die Abstandshalter zwischen Latte und Wellpappe. Ich schraubte die Platten von oben auf der Dachkonstruktion fest. Mutter kam auf die Terrasse, sah uns eine Weile zu und fragte dann, wann wir endlich fertig wären. Vater arbeitete seit seinem ersten Urlaubstag an dem Dach, und Mutter fürchtete, es würde wieder nichts aus der Fahrt nach Prüm. Sie freute sich schon das ganze Jahr auf diese Fahrt. Immer wenn sie mit Oma telefonierte, hatten sie davon geredet. Oma war schon fast achtzig Jahre alt, sie hatte Wasser in den Beinen, ihr paßten auch keine Schuhe mehr. Sie schaffte es nicht mal mehr bis zur Basilika. Sie saß den ganzen Tag nur hinten in der Wirtschaft, wo früher die Backstube gewesen war. Doch sie wollte noch einmal das Dorf sehen, in dem sie in ihrer Kindheit gelebt hatte und in dem Opa eines Tages mit dem Bäckerwagen vorbeigekommen war und sie sich gleich in ihn verliebt hatte. Vater hatte keine große Lust auf die Fahrt nach Prüm, er war nie gut mit Oma ausgekommen. Sie hielt nichts von ihm. Sie hatte ihm einmal vorgeworfen, daß er ihre Tochter nur wegen der Erbschaft heiraten wolle. Vater versuchte sich daher immer, um die Fahrt nach Prüm herumzudrücken.

«Wenn du nur Urlaub machst, um zu arbeiten, dann kann ich auch in die Kantine gehen», sagte Mutter. Sie lief beleidigt ins Haus, und Vater folgte ihr. Er sagte, er könne ihr nichts recht machen, was sie überhaupt in Prüm wolle.

«Die haben uns doch rausgeworfen, denen war ich doch nie gut genug. Ihr seid doch alle gleich, ihr wißt nicht, was ihr wollt. Seit wir hier wohnen, willst du das Dach über der Veranda gemacht haben. Gut, gut, ich fahr mit dir hin. Wir müssen nur noch ein paar Platten befestigen, das können wir morgen noch fertigmachen.» Sie vertrugen sich wieder. Nachts wachte ich auf und hörte, wie sie miteinander schliefen. Ich setzte mir Kopfhörer auf und drehte Donovans Musik laut. Er sang von einer gelben Katze, die um sein Haus schlich, und einem Schlüsselloch, durch das gläserne Berge zu sehen waren. Aber seine Musik war nicht laut genug.

Am nächsten Tag verarbeiteten wir den Rest der Platten.

Am späten Nachmittag fuhren wir nach Mechernich zum Baumarkt. Unten im Tal, weit hinter den Bahngleisen, waren Sandhalden des Bleibergwerks. Vater hatte das Seitenfenster heruntergekurbelt. Blätter von einem Rechnungsblock flogen von der Ablage. Als ich sie aufheben wollte, sagte Vater, ich solle sie ruhig liegenlassen. Ich hätte gern Radio gehört, weil die Stille bedrückend war. Doch das Radio war ausgebaut, ein paar Drähte hingen aus der Öffnung. Ich glaube, Vater war die Stille auch unangenehm. Ich glaube, er vermutete, daß Mutter einen Freund hatte, und er wollte wissen, ob das stimmte.

«Meinst du, es wäre besser, wenn ich mir hier eine Arbeit suche?» fragte er. Ich war überrascht. Vater hatte noch nie über so etwas mit mir geredet.

«Vielleicht wäre es besser», sagte ich.

«Ich könnte es deiner Mutter nicht verdenken, wenn sie mich verlassen würde. Ich habe viel Mist gemacht. Sie gibt mir an allem die Schuld, was bei uns schiefgelaufen ist. Vielleicht hat sie damit auch recht. Wenn es hier eine Arbeit gäbe, bei der ich genügend verdienen könnte, würde ich sie sofort annehmen.» Ich antwortete nicht darauf, ich war es nicht gewohnt, mit meinem Vater so zu reden. Wir schwiegen eine Weile, und ich überlegte, ob ich Effers erwähnen sollte, aber ich wußte nichts, außer daß Mutter sich mit Effers gut verstand. Vater erkundigte sich nach meiner Schule, und ich sagte, daß ich mich an einigen Hochschulen beworben hätte, aber keine große Hoffnung hätte, einen Studienplatz zu bekommen.

«Es wird schon klappen», sagte er und daß er stolz darauf wäre, daß sein Sohn studiere. Ich habe mich später immer gefragt, wieso ich nichts gesagt habe, aber ich glaube, ich hätte ihm doch nur Vorwürfe gemacht. Vater hielt dann an, um einen Tramper mitzunehmen, einen der Leute, mit denen Hilbert zusammenhing. Er trug eine braune Lederjacke und eine schmutzige Trainingshose, sein fettiges Haar hatte er hinter den Jackenkragen gesteckt. Er wollte uns eine Armbanduhr verkaufen, erzählte, daß er sie im Kaufhof in Euskirchen geklaut hätte. Sie lägen ungesichert herum, man könnte sie im Vorbeigehen mitnehmen. Die teuren Uhren seien in Vitrinen eingeschlossen. Er redete mit mir, als wären wir alte Bekannte. Vater guckte verwundert. Wir saßen zusammengedrängt in dem kleinen Führerhaus der Pritsche, es roch nach indischen Amberoil. Ich war froh, als er am Mechernicher Bahnhof ausstieg und wir weiter zum Raiffeisenmarkt fuhren. Vater erkundigte sich nach dem Tramper. Ich wußte nur, daß er häufig mit Hilbert zusammen war. Aber Vater konnte sich nicht einmal an Hilbert erinnern. Seit er Vorarbeiter geworden war, lebte er eigentlich gar nicht mehr richtig bei uns, er hatte nur noch seine Baustellen und Fertigstellungstermine im Kopf und wußte nicht mehr, was bei uns vor sich ging. Beim Raiffeisenmarkt luden wir Platten auf. Vater sagte dem Verkäufer, er solle die Rechnung für die Platten an unseren Vermieter schicken. Auf der Rückfahrt reihten wir uns in den Feierabendverkehr ein, der von Köln in die Eifel fuhr. Wir krochen langsam den Berg nach Wallenthal hinauf. Wegen der Platten auf der Ladefläche konnten wir nicht schneller als dreißig Stundenkilometer fahren, die Platten wurden vom Wind angehoben, wir befürchteten, sie könnten herunterfliegen. Fast alle Autos überholten uns. Manche Fahrer hupten und zeigten uns einen Vogel. Vater fuhr schließlich an den Seitenstreifen, und ich kletterte auf die Ladefläche, setzte mich auf die Platten und lehnte mit dem Rücken am Führerhaus. Einige Autos folgten uns noch, bis wir von der Schnellstraße abfuhren. Als wir nach Hause kamen, war Mutter im

Schlafzimmer. Sie lief durcheinander umher, nahm Kleidung aus dem Schrank, legte sie aufs Bett und suchte nach einem Koffer. Sie sagte Sachen, die uns wirr erschienen. Sie schrie Vater an, und Vater nahm sie in den Arm, setzte sich mit ihr aufs Bett und sagte, sie solle sich beruhigen und uns sagen, was geschehen sei. Sie fing an zu weinen, sagte, sie müsse zu Alfons, unbedingt zu Alfons. Ein Vorgesetzter hatte angerufen und mitgeteilt, daß Alfons einen schweren Unfall gehabt hatte und in Flensburg im Krankenhaus auf der Intensivstation liege. Sie wollte sofort zu ihm, wir konnten sie nicht davon abhalten, obwohl es unsinnig war.

20

Sanny fährt noch am selben Abend mit dem Zug nach Flensburg, sie kann nicht anders, sie muß etwas unternehmen, nur herumzusitzen macht sie verrückt. Sie kann nicht klar denken, ist nicht einmal sicher, ob sie im richtigen Zug sitzt. Ihre Gedanken kreisen immer nur um Alfons und was sie jetzt machen soll. Sie weiß nicht einmal, wo sie übernachten kann, hat Sachen eingesteckt, die sie nicht braucht. Während sie im Koffer wühlt, redet sie sich ein, daß es mit Alfons nicht so schlimm sein wird. Sie haben am Telefon gesagt, daß eine Tragfläche während eines Übungsfluges abgebrochen sei, wie kann eine Tragfläche einfach so abbrechen, das Flugzeug ist in Hochspannungsdrähte gestürzt und dann auf die Landstraße vor einer kleinen Ortschaft. Ein Wunder, daß Alfons überlebt hat, die anderen sind alle tot. Sie wissen nicht, was der

Grund für den Unfall war, es wird bestimmt noch untersucht. Es ist auch nicht so wichtig, jetzt ist das nicht so wichtig, er muß nur wieder gesund werden. Als kleines Kind lief er immer mit ausgebreiteten Armen in der Küche herum und spielte Flugzeug, brummte dabei wie Motoren, sie sieht ihn jetzt so vor sich, er konnte kaum laufen und fiel manchmal hin, und sie hob ihn auf und setzte ihn in sein Stühlchen. Sie wollte nie, daß er Pilot wird, aber es war ihm nicht auszureden. Er sagte einmal, daß es Momente gäbe, in denen er glaube, außerhalb von allem zu sein, aber nicht, weil er so weit davon entfernt sei, sondern weil er glaube, überall gleichzeitig zu sein. Dadurch würden die Dinge anders und miteinander versöhnt, er könne es nicht wirklich beschreiben, sondern er wisse nur, wo er dieses Gefühl fände. Sie hatte immer gewußt, daß es einmal so kommen würde. Alfons war vorher nie im Krankenhaus gewesen, kurz nach seiner Kommunion hatte er hohes Fieber bekommen, hatte lange im Bett gelegen, wollte nichts essen, als er aufstand, sackte er im Eßzimmer zusammen, war so schwach, daß er nicht mehr stehen konnte.

Als sie im Zug sitzt und ein wenig zur Ruhe kommt, denkt sie, daß sie ihren Mann nicht so hätte anschreien sollen, er hat ja recht gehabt, was will sie jetzt bei Alfons, sie wird ihm doch nicht helfen können. Der Zug ist fast leer, kein Mensch, mit dem sie reden könnte. In Osnabrück muß sie umsteigen und eine halbe Stunde warten. Sie läuft zur Bahnhofshalle, kauft am Kiosk ein belegtes Brötchen und eine Cola, sieht von der Ausgangstür zur Stadt, die wie ausgestorben erscheint. Jugendliche sitzen auf den Treppenstufen des Bahnhofs. Sie fürchtet, den Anschlußzug zu verpassen, geht eilig durch die Unterführung zum Bahnsteig zurück. Der Zug hat Verspätung, eine Lautsprecherstimme kündigt einen Regionalzug an. Am gegenüberliegenden Bahnsteig stehen Leute, die von der Arbeit nach Hause fahren.

Nachdem sie in ihren Zug eingestiegen ist, geht sie durch den Gang bis zum letzten Waggon, bleibt eine Weile am Ankopplungsfenster stehen. Sie denkt an Effers, der sie gebeten hat, mit ihm wegzugehen, egal wohin, nur zu einem Ort, an dem sie niemand kennt. Sie geht in ein Abteil, setzt sich, ißt das Brötchen, während sie aus dem Fenster sieht, wo sich alles in Abendschatten verwandelt. Der Zug gleitet durch Städte und Gewerbegebiete. Sie schläft, als sie wach wird, sitzen Leute im Abteil, die zur Arbeit fahren. Sie weiß nicht, wo sie sich befindet, sie steht auf und zieht das Fenster herab. Der Wind ist feucht, sie glaubt, das Meer zu riechen. Über den flachen Wiesen schweben Möwen. Ein kleiner dicker Schaffner geht mit seiner Umhängetasche von Abteil zu Abteil und kontrolliert die Fahrkarten.

In Flensburg angekommen, fährt sie mit einem Taxi zum Krankenhaus. Alfred liegt auf der Intensivstation. Sie haben ihn operiert, er hatte mehrere Brüche, und ein Ohr ist abgerissen, sein Gesicht ist aufgedunsen. Sie legt ihre Hand auf seine Stirn, redet mit ihm, sagt, daß sie bei ihm bleibt. Er röchelt, in seinen Nasenlöchern stecken Schläuche, die Flasche an seinem Bett füllt sich mit Urin. Die Schwester sagt, man habe ihn in ein Koma versetzt, da er sich Rippen gebrochen habe und die Gefahr bestehe, daß er sich die Lunge verletze. Die Schwester ist sehr freundlich, sie läßt Sanny bei Alfons sitzen, bis der Arzt am Nachmittag kommt. Am Abend sucht sie eine billige Unterkunft. Das Hotel liegt am Bahnhof. Sie sieht auf die Dächer einfahrender Züge, hört das Tuckern von Rangierlokomotiven, die Waggons schieben. Sie betet, sie hat es seit ihrer

Kindheit nicht mehr getan. Männer gehen an ihrem Zimmer vorbei. Sie denkt an ihren Mann, der auf Montage in solchen Hotelzimmern übernachten muß. Sie ruft zu Hause an und will mit ihm sprechen, sie will, daß alles anders wird, sie will mit ihm über Alfons reden. Leo ist am Telefon. Er sagt, daß ihr Mann schon wieder weg ist, auf Montage.

21

Hilbert hat seinen Bus seit Tagen am Rand des Steinbruchs geparkt. Auf dem Boden des Busses liegen leere Getränkedosen, zusammengeknülltes Zeitungspapier, Apfelsinenschalen und Dreck. Er hat in der Nacht kaum geschlafen, ist im Gelände umhergeirrt. Im Bus sieht es wie in einer Mülltonne aus, denkt er, als er sich auf der Koje liegend umsieht. Er nimmt sich vor, den Wagen endlich einmal zu säubern. Aber im Moment ist ihm übel, er stolpert aus dem Bus und übergibt sich. Von dort, wo er steht, kann er in den Steinbruch hinuntersehen. An manchen Stellen hat man Abfall in das Loch gekippt. Unten neben dem Wasser steht ein alter Sessel, auf dem er manchmal sitzt, der Steinbruch ist mit dünnem, seidigem Nebel gefüllt. Hilbert hat den Eindruck, er könne einfach in das Loch hineinspringen und der Nebel würde ihn wie Watte auffangen. Er hat Schmerzen im linken Arm und fürchtet, eine Blutvergiftung zu bekommen. Von der Straße hinter der Böschung hört man vorbeibrausende Autos. Er wischt mit dem Taschentuch über den Mund; reibt die Kotze von seinen Schuhen am Gras ab. Dann klettert er über den Zaun, der die Zufahrt zum Stein-

94

bruch hinunter versperrt. Der Weg führt in Serpentinen bis zur Sohle. Der Grad ist mit großen Felsbrocken abgesichert. Hilbert taucht langsam in den Nebel ein, so als würde er auf den Grund eines tiefen Sees kommen. Auf der Sohle steht eine Schutzhütte, ein ausgeschlachteter Bagger, Steine kullern die Hänge hinab. Wenn es regnet, bildet sich ein kleiner See, der nach einiger Zeit wieder austrocknet. Im Lehmboden sind jetzt Risse. Hilbert schleppt wieder Steine zusammen, mit denen er Lias Namen legt.

Als sein Freund am Nachmittag kommt, fahren sie nach Kall. Jochen hat seine schmutzigen Turnschuhe in das Handschuhfach gelegt. Hilbert sagt ihm immer wieder, daß er das lassen soll, aber er kümmert sich nicht darum. Hinten im Bus rollt eine Eisenstange zwischen Wand und Koje hin und her, am Armaturenbrett klebt ein silberner Rahmen mit einer Fotografie von Lia und Clara, die er auf einem Ausflug nach Vianden gemacht hat. Lia hat Clara an der Hand, steht lachend auf einer Bank. Im Hintergrund ahnt man den Spielplatz, auf dem sie Rast gemacht hatten, um zu picknicken. Sie waren damals gerade ein Jahr verheiratet und sehr glücklich – jedenfalls hatte Hilbert diesen Eindruck. Im Radio spielen sie ein Lied von den Troggs. Hilbert singt manche Textpassagen mit. Er ist hochgestimmt und redet wieder von seiner Firma.

«Das Geld beschaffen wir uns noch», sagt er, «werd mit Lia drüber sprechen.» Dann singt er wieder und trommelt mit den Händen auf dem Lenkrad herum. *There is no beginning, there will be no end. The love is all around me and so the feeling grows. Come on and let it show.* Er bildet sich ein, alles sei wie früher zwischen Lia und ihm. Vor dem Bahnhof will sein Freund aussteigen. Hilbert ist so in Gedanken, daß er nichts hört. Jochen muß ihn mehrmals bitten anzuhalten. Nachdem er ausgestiegen ist, fährt Hilbert weiter zum Supermarkt, er will mit Lia reden, sie zum Kino einladen. Lia sitzt an der Kasse, sie hat sehr viel zu tun. Als Hilbert sie anspricht, schreit sie, er solle verschwinden. Eine alte Frau, die hinter ihm steht, sagt, so dürfe Lia doch den netten jungen Mann nicht behandeln. «Lassen Sie mich in Ruhe, das ist meine Privatsache. Hilbert, verschwinde endlich.» Hilbert versteht gar nicht, was los ist. Benommen stolpert er nach draußen zum Parkplatz, weiß nicht einmal mehr, wo er seinen Bus abgestellt hat.

22

Als Mutter nach einer Woche aus Flensburg zurückkehrte, ging sie gleich ins Badezimmer, um den Boiler einzuschalten. Dann kam sie zurück zu uns in die Küche und sagte, sie habe die meiste Zeit im Zug gestanden, der wegen des Wochenendes überfüllt gewesen sei, sie sei müde, ihre Beine würden schmerzen, und sie fühle sich schmutzig. Im Hotel habe es nur eine Dusche auf dem Flur gegeben, sie habe sich davor geekelt. Von Alfons sagte sie nichts. Bei uns zu Hause sah es chaotisch aus, weil wir die Zeit während ihrer Abwesenheit nicht aufgeräumt hatten. Sie sah sich um und schüttelte nur den Kopf. Auf meine Frage nach Alfons antwortete sie nur knapp, man wisse nicht genau, was geschehen würde, wenn er aus dem Koma erwache, vielleicht würde er etwas zurückbehalten. Sie ließ mich einfach stehen und ging ins Badezimmer, nahm die schmutzige Wäsche aus der Wanne und ließ Wasser einlaufen. Fast eine Stunde lag sie in der Wanne. Ich hörte, wie sie Wasser nachlaufen ließ. Meine Schwestern hockte im Flur vorm Badezimmer, klopften an die Tür und versuchten, mit ihr zu reden. Aber Mutter sagte auch ihnen nicht viel. Ich hatte den Eindruck, als sei sie noch gar nicht richtig angekommen. Als sie endlich aus dem Badezimmer kam, hatte sie einen Bademantel an und ein Handtuch um den Kopf gewickelt. Ihre Augen waren verweint. Sie machte den Eindruck einer Fremden, die zufällig in unserer Wohnung lebte. Ich sagte ihr nicht, daß Effers mehrmals angerufen hatte, um sich nach ihr zu erkundigen, und daß er ihre Telefonnummer in dem Hotel wissen wollte. Ich hatte ihm gesagt, daß Mutter kein Telefon auf dem Zimmer habe. Er gab sich damit zufrieden und bat mich, ihr Grüße auszurichten.

Am nächsten Tag fuhr Mutter wieder mit dem Bus zur Arbeit. Sie hatte in der Kantine Schwierigkeiten, weil sie ohne Entschuldigung weggeblieben war. Der Koch, mit dem sie sich ohnehin nicht verstand, schrie, ihr würde gekündigt werden, wenn sie sich so etwas nochmals erlauben würde. Abends konnte ich ihrem geröteten Gesicht ansehen, wie sehr sie sich darüber aufgeregt hatte. Sie rief in der Klinik an, aber es gab keine Veränderungen. Ich zog mich für das Training um und packte meine Sporttasche. Als ich ins Wohnzimmer kam, um sie zu fragen, wo mein Parka sei, sprach sie gerade mit Effers.

«Ich kann jetzt nicht, du mußt das verstehen, Heinz. Laß mir etwas Zeit», sagte sie. Als sie mich bemerkte, legte sie die Hand auf die Muschel und fragte, ob ich sie belausche.

«Ich such meine Jacke, mich interessiert überhaupt nicht, mit wem du herumtelefonierst.»

«Ich ruf dich später an», sagte sie zu Effers und legte auf.

«Es ist doch noch zu warm für das Ding», sagte Mutter.

«Das mußt du mir überlassen, ich kümmere mich ja auch nicht um deine Angelegenheiten», schrie ich. Ich lief im Haus umher und wühlte in Schränken. Mutter kam hinter mir her und versuchte, mich zu beruhigen.

«Das Haus ist eine einzige Müllkippe, du kümmerst dich nur um Alfons, kein Wunder, daß Vater nicht mehr nach Hause kommt.»

«Hast du einmal unter deinem Bett nachgesehen, hinter der Gitarre?» Daran, wie sie das sagte, spürte ich, daß sie wußte, daß ich Pornohefte und Shit dort versteckt hatte. Der Parka lag zusammengerollt neben meinem Schlafsack. Es war ein Amiparka, den ich in der kälteren Jahreszeit immer trug. Unterwegs fand ich in den Taschen die zerknüllte Karte vom Rolling-Stones-Konzert aus dem letzten Winter. Bis dahin hatte ich nur Bands gesehen, die in den Tanzsälen auf den Dörfern spielten. Ich entdeckte außerdem Strohhalme und ein Taschenmesser, das ich lange gesucht hatte. Ich wunderte mich über diese Sachen, als stammten sie von einem ganz anderen.

Wir hatten an diesem Abend ein Trainingsspiel gegen die Senioren, danach gingen wir ins Schnellrestaurant. Hilbert arbeitete zu dieser Zeit schon nicht mehr dort. Man hatte ihn entlassen, weil er unzuverlässig geworden war. Im Restaurant redete man von dem Einbruch in Zülls Tabakladen. Der Laden lag an der Straße nach Gemünd. Wir waren empört darüber, da wir Züll von früher kannten. Wir waren als kleine Jungs immer in seinen Laden gegangen, um Donald-Duck- und Klassikercomics zu kaufen. Züll war ein freundlicher älterer Herr, der uns manche Hefte auch im Laden lesen ließ, ohne daß wir sie kaufen mußten. Er war nicht im Laden gewesen, als man die Kasse aufgebrochen hatte, aber er hatte sich so aufgeregt, daß man ihn mit einem Herzanfall ins Krankenhaus einliefern mußte.

23

Die große Spülmaschine rattert, stößt dampfend sauberes Geschirr aus. Sanny räumt mit den Kolleginnen hastig Geschirr weg. Überall ist noch der Geruch von Speiseresten, vermischt mit dem feuchten Dampf der Spülmaschine, der nach Chemikalien riecht. Das Büro des Kochs ist durch Glaswände einsehbar. Der Koch sitzt über den Schreibtisch gebeugt und schreibt am Speiseplan. Sanny glaubt, daß er jetzt nicht merken wird, wenn sie telefoniert, sie geht zur Aufenthaltsecke, wählt die Nummer vom Krankenhaus in Flensburg. Seit Alfons dort liegt, ruft sie jeden Mittag und Abend an. Die Krankenschwester sagt, Alfons sei seit dem Morgen bei Bewußtsein, man habe ihn aus dem Koma geholt. Sanny möchte mit ihm sprechen, aber die Schwester meint, das ginge noch nicht, er sei zu erschöpft. Wegen der Essensvorbereitungen klappert Geschirr, Pfannen werden hin und her geschoben und Anweisungen gegeben. Sanny kann kaum etwas verstehen.

«Er schläft doch jetzt schon fast einen Monat», sagt Sanny. Die Schwester lacht, es ist die nette Schwester, die auch Dienst hatte, als sie bei Alfons war.

«Ich sag ihm, daß Sie angerufen haben. Sein Gedächtnis funktioniert noch nicht so, wie es sollte, aber das ist nicht ungewöhnlich, wenn einer nach so langer Zeit aus dem Koma erwacht.» Der Chef steht mit verschränkten Armen hinter Sanny. Sie ist zu glücklich und aufgeregt, um ihn zu bemerken.

«Soll ich rauf zu ihm kommen, vielleicht ist es gut,

wenn ich zu ihm komme, vielleicht erinnert er sich dann schneller.»

«Es hat im Moment keinen Sinn, Frau Arimond, ich werde Ihrem Sohn Grüße von Ihnen bestellen. Sie wissen doch, daß er eine Kopfverletzung hat. Das geht alles nicht so schnell. Rufen Sie morgen noch einmal an.» Sanny bedankt sich bei der Schwester. Sie denkt daran, ihr ein Präsent zu schicken, weil sie sich so liebevoll um ihren Jungen gekümmert hat. Es geht ihm besser, denkt sie, vielleicht kann er bald schon aufstehen, und ich kann mit ihm reden. Als sie den Hörer auflegt, steht der Koch vor ihr. Die Kolleginnen sehen neugierig herüber. Der Koch brüllt, sie hätte über eine Viertelstunde telefoniert.

«Sie wissen doch, daß mit dem Telefon nur Dienstgespräche geführt werden dürfen. Wenn Sie hier fertig sind, kommen Sie bitte in mein Büro.» Er geht zum Herd und kostet die Bohnensuppe. Dann wendet er sich um und sagt, sie solle sich an ihre Arbeit machen. Sie schneidet den Wirsing weiter, schält Kartoffeln. Während der Arbeit denkt Sanny nur daran, daß es Alfons bessergeht, daß er vielleicht gerade die Augen öffnet. Sie vergißt, daß sie zum Chef muß. Sie ist schon umgezogen, will gerade zum Bus laufen, da erinnert Martha sie daran. Der Chef läßt sie am Schreibtisch stehen, tut, als wäre sie nicht da. Er schreibt an einem seiner Speisepläne. Er stellt immer Speisepläne zusammen, obwohl sie seit Jahren dieselben zehn Gerichte kochen, weil er sich scheut, Neues auszuprobieren. Montags Sauerbraten und dienstags Nudeln und freitags Bratfisch, ein über die andere Woche wird der Speiseplan gewechselt, dann gibt es Reibekuchen, Hühnchen und Wiener Schnitzel.

«Ich muß meinen Bus noch bekommen», sagt Sanny. Der Koch dreht sich um, mustert sie und sagt:

«Wie oft habe ich Ihnen schon gesagt, daß Sie keine privaten Telefongespräche führen dürfen?»

«Mein Sohn liegt doch im Krankenhaus, er ist heute aus dem Koma ...»

«Sie können auch von zu Hause telefonieren. Sie meinen, Sie können sich alles erlauben, was?» Der Busfahrer hupt, er meckert jedesmal, wenn sie sich verspätet. Sie kramt in der Tasche nach dem Portemonnaie und wirft einen Zehnmarkschein auf den Schreibtisch.

«Der Rest ist für Sie», sagt sie so laut, daß die Kolleginnen es hören.

«Meinen Sie, Sie wären etwas Besseres?» schreit der Koch ihr hinterher.

«Ich meine überhaupt nichts, außer daß ich jetzt Feierabend habe.» Sanny läuft nach draußen, sie hört den Chef noch etwas hinter ihr herschreien. Sie läuft die Treppe hinunter, durch die Vorhalle, wo Fotografien großer Transformatoren hängen, die überall in die Welt verkauft werden. Draußen ist es gewitterschwül, von den paar Metern bis zum Bus ist sie verschwitzt. Während sie durch den Gang geht, fährt der Bus los. Sie muß sich am Sitz festhalten. Der kleine Spanier hat ihr Platz gemacht, sie nimmt ihre Tasche auf den Schoß und knibbelt nervös an den Griffen. Auf den Feldern fahren Mähdrescher, Getreidestaub weht über die Straße. Die Bauern müssen sich beeilen, vor dem Gewitter ihre Ernte einzubringen. Die Deckenklappen des Busses sind geöffnet, kühler Fahrtwind strömt herein. Hilberts Mercedesbus versucht, sie an einem Berg zu überholen. Der Busfahrer schimpft und hupt, weil ein Auto von oben entgegenkommt und er auf den unbefestigten Straßenrand ausweichen muß. Der Fahrer schimpft immer noch, ruft nach hinten, ob jemand sich das Kennzeichen des Mercedesbusses gemerkt habe. Sanny redet zum erstenmal mit dem Spanier, sie erzählt ihm von Alfons, bis sie in Kall aussteigt, spricht sie von Alfons und weiß nicht einmal, ob der Spanier sie versteht.

24

An der Kasse des Hallenbades leiht Hilbert sich eine Badehose. Seit Tagen hat er sich nicht mehr gewaschen. Früher ist er mehrmals in der Woche mit Clara ins Hallenbad gegangen. Lia kam niemals mit, sie vertrug das gechlorte Wasser nicht, bekam Ausschlag, und ihre Augen röteten sich. Die Frau im Kassenhäuschen sucht in einer Kiste mit zahlreichen Badehosen, die Besucher vergessen haben, nach einer passenden Größe. Sie erkennt Hilbert gleich wieder, fragt, warum er so lange nicht gekommen sei und was seine Tochter mache. Sie kann sich sogar an Claras Namen erinnern, daran, daß Hilbert mit ihr nach dem Schwimmen immer noch im Foyer auf den Plastikstühlen neben der Glastür gesessen hatte. Sie reicht Hilbert eine Badehose und den Spindschlüssel. Hilbert geht durch das Drehkreuz, dann den Gang zu den Umkleidekabinen hinunter. Am Ende des Ganges stehen Mädchen unter Haartrocknern. Daneben sind ein paar Waschbecken, ein Spiegel und ein Regalbrett. Die Gemeinde investiert kein Geld mehr in das Schwimmbad, vor einiger Zeit war sogar von Schließung die Rede. Während Hilbert sich in einer Umkleidekabine die Badehose anzieht, klettern Jungen über die Trennwände der Kabinen. Hilbert denkt daran, wie er in seiner Jugend fast täglich im Schwimmbad gewesen war und durch die Löcher in den Trennwänden den Frauen beim

Umkleiden zugesehen hatte. Heute ist mehr Betrieb als sonst im Schwimmbad, was auf das schwüle Wetter zurückzuführen ist. Die Kleiderbügel in den Umkleidekabinen sind verbogen, die Plastiknetze für die Socken und Unterwäsche zerrissen. Hilbert bringt seine Kleider in einem Spind unter, schließt ab und duscht sich lange. Nach dem Duschen springt er vom Beckenrand ins Wasser. Er ist Anstrengungen nicht mehr gewohnt, bald wird ihm schwindlig, er klettert aus dem Wasser und legt sich erschöpft auf eine der Liegen, die am Fenster unter einer künstlichen Palme stehen. Über die Radioanlage kommt Musik, an der wasserfleckigen Decke schimmern die Schattenwellen vom Becken. Hilbert döst ein, träumt von Lia, ist mit ihr bei den Maaren, dort, wo er zur Zeit ein Ferienhaus renoviert. Im Frühjahr sieht man vom Balkon des Hauses über goldgelb blühende Ginsterhecken zum glitzernden Maarsee. Er stellt sich vor, mit Lia und Clara in dem Ferienhaus am Maar zu wohnen. Er hat den Besitzer schon gefragt, ob er ein paar Tage mit seiner Familie im Haus wohnen könne. Der Besitzer war einverstanden, sagte, in diesem Jahr würde er ohnehin nicht mehr in die Eifel kommen, er werde lange dienstlich im Ausland unterwegs sein, auch seine Familie habe kein Interesse am Haus, er sei froh, wenn jemand darauf aufpasse. Der Bademeister rüttelt Hilbert wach.

«Hey, hallo, Sie müssen raus, gleich fängt das Seniorenschwimmen an. Sie müssen das Bad jetzt verlassen, schlafen können Sie zu Hause.» Außer Hilbert ist niemand mehr im Schwimmbad, die Türen zur Liegewiese sind bereits verschlossen, und im Foyer stehen alte Leute, die auf Einlaß warten. Das Wasser ist eigens für die Senioren ein paar Grad wärmer. An der Kasse kauft Hilbert eine Tüte mit Weingummis. Nach dem Schwimmen hat er immer Weingummis für Clara gekauft.

«Ich hoffe, Sie kommen bald wieder mit Ihrer Tochter», sagt die Frau. Hilbert hat ihr erzählt, daß Clara krank sei und deshalb nicht mitkommen könne. Er geht über den Platz vor dem Hallenbad, vorbei an den Wohnwagen der Zirkusleute, die dabei sind, das Zeltgerüst aufzubauen. Überall im Ort hängen Plakate, auf denen Samstags- und Sonntagsvorstellungen angekündigt werden. Hilbert denkt daran, Clara zum Zirkus einzuladen. Zwei Jungen führen ein Lama aus einem Stall. Sie kommen an Hilbert vorbei und drücken ihm einen Werbezettel in die Hand, dann laufen sie in die Stadt. Hilbert hat den Bus an der Urft geparkt, an der Stelle, von der aus er zum Bahnerhaus sehen kann. Er setzt sich an die Uferböschung. Dicht über dem Wasser wimmeln Gewittertierchen, an manchen Stellen im Wasser brodelt es von hungrigen Forellen. Es ist eine gute Zeit zum Angeln, sein Vater ist immer vorm Gewitter zum Fischen gegangen. Hilbert sieht zum Bahnerhaus und denkt, daß Lia bald Feierabend haben müsse, aber er täuscht sich, es liegt am Wetter, daran, daß Gewitterwolken den Himmel verdunkeln. In Wirklichkeit ist es gerade achtzehn Uhr, und Lia muß an diesem Abend wegen einer Inventur zwei Stunden länger arbeiten. Im Garten des Bahnerhauses liegt Sperrmüll, und auf dem Eternitdach des Schuppens wächst Gras. Clara kommt aus dem Haus, sie springt die Treppen hinunter und läuft zum Garten, wo ein Holzschuppen in Gleisnähe steht. Hilbert überlegt, ob er Clara jetzt schon zum Zirkus einladen soll, doch es scheint ihm klüger, wenn er zuerst mit Lia spricht. Vielleicht sollte er zum Einkaufsmarkt fahren und Lia fragen. Aber im Moment ist sie nicht gut auf ihn zu sprechen, er will noch etwas warten. Es ist plötzlich windstill geworden, nach einigen Minuten klatscht warmer Sommerregen herab, es blitzt und donnert fast gleichzeitig, ein Sturm schüt-

telt die Erlen am Ufer. Hilbert läuft zum Bus. Der Regen
wird heftiger, prasselt auf das Wagendach. In den Bahnhof
fährt gerade ein Zug ein. Leute steigen aus und rennen zur
Unterführung. Die letzten zwei Waggons werden abgekop-
pelt, da nur noch wenige Fahrgäste weiter nach Trier fahren. Hilbert kann Clara nicht mehr sehen, er denkt, daß sie
im Schuppen Unterschlupf gesucht hat oder ins Haus
zurückgelaufen ist. Wasser läuft die Windschutzscheibe
hinunter, so daß man das Zuglicht nur verschwommen
sehen kann. Die Zirkusleute bringen vorsichtshalber die
nah am Ufer stehenden Wohnwagen in Sicherheit. Auch
Hilbert fährt vom Ufer weg.

25

Während dieses Unwetters ließ Claßen uns auf dem Sportplatz trainieren. Innerhalb kurzer Zeit waren große Pfüt-
zen auf dem Spielfeld entstanden, es war so, als würde
man in einem seichten Fluß waten. Außerdem hatten wir
Angst, vom Blitz getroffen zu werden. Claßen unterbrach
das Training, und wir liefen zur Turnhalle. Claßen ärgerte
es, uns in der Halle zu trainieren, er schimpfte unentwegt,
daß wir Memmen seien, Schönwetterfußballer und daß
man unter Realbedingungen trainieren müsse. Man konnte ihm nichts mehr recht machen.

Nach dem Training ging ich zum Kolonnadengang, der
von der Sporthalle zur Schule führte. Ich hatte gesehen,
daß Ingrid zur Volkshochschule gegangen war, und ich
wollte mit ihr reden. Als Martin mich warten sah, kam er
zu mir und sagte, ich solle mit ins Schnellrestaurant kom-

men. Ich ging nicht mit, sondern wartete, obwohl ich wußte, daß sie kein Wort mit mir sprechen würde. Einige Kursteilnehmer standen am Fenster und blickten auf den Pausenplatz. Regen trommelte auf das Dach der Kolonnaden, und wenn es blitzte, sah der Schulhof wie eine große zersplitterte Scheibe aus. Nach einer halben Stunde kam Ingrid in Begleitung des Kursleiters aus der Schule. Er lief auf mich zu und brüllte, ob ich nichts anderes zu tun habe, als Frauen zu belästigen. Er war sehr wütend, und ich hatte den Eindruck, daß er sich mit mir schlagen wollte. Als ich nicht antwortete, stieß er mich weg und schrie, daß ich das nächste Mal richtige Prügel beziehen würde. Dann ging er zu Ingrid, die am Schuleingang stehengeblieben war und sich bei ihm einhakte und unter einem Schirm mit ihm zum Wagen lief. Von vorbeifahrenden Autos platschte Wasser im großen Schwall auf den Bürgersteig. Die Urft war zu einem reißenden Fluß geworden, und die Ufergärten waren überschwemmt. Während ich durch den Regen nach Hause lief, stellte ich mir vor, was Ingrid und der Lehrer machten.

Am Hang vor unserer Terrasse lagen Kleidungsstücke, die von der Wäschespinne geweht worden waren. Ich nahm die Sachen mit in die Wohnung und warf Mutter vor, daß sie noch nicht einmal Klammern an die Wäsche machen würde. Wegen des Gewitters war der Fernseher ausgestellt worden. Das Dach war an manchen Stellen undicht, und Mutter hatte im Wohnzimmer und im Flur Eimer aufgestellt. Ich ging auf mein Zimmer, zog frische Sachen an und trocknete meine Haare. Bobby sprang an der Wand hoch, drückte seine Schnauze ans Fenster und jaulte, weil er hereingelassen werden wollte. Sein Rückenfell war mit Eiter beschmiert, er stank so sehr, daß mir übel wurde. Als ich zu Mutter ins Wohnzimmer kam, erzählte sie, Lia habe gerade angerufen. Mutter wunderte sich darüber, daß Lia ausgerechnet bei ihr anrief. Sie hatten seit Jahren nicht mehr miteinander gesprochen. Sie sagte, Lia sei völlig durcheinander gewesen, weil Clara verschwunden sei, sie mache sich Sorgen, daß ihr etwas passiert sein könnte. Wahrscheinlich hatte Lia an diesem Abend alle angerufen, die sie kannte.

26

Vater arbeitete schon seit Wochen auf einer großen Baustelle in Berlin, und Mutter wartete jeden Abend auf einen Anruf von ihm. Wenn er anrief, weinte sie und sagte, sie fühle sich allein und habe Sehnsucht. Vater versprach, zur Herbstkirmes nach Hause zu kommen und mit ihr zum Tanzball zu gehen. Mutter war seit Jahren nicht mehr ausgegangen, und sie freute sich sehr darauf. Sie kaufte eigens für diesen Anlaß ein Kleid, das sie uns im Wohnzimmer vorführte. Sie war ausgelassen und fröhlich und versuchte, mit mir zu tanzen. Beim Tanzen stellte ich mich ungeschickt an, so daß sie schon bald die Lust daran verlor. Meine Schwestern hüpften währenddessen vor Vergnügen auf dem Sofa herum.

Am Freitagabend vor der Kirmes rief Vater an und sagte, er könne nicht kommen. Er telefonierte aus der Gaststätte des Hotels, in dem er übernachtete, ein billiges Hotel in der Nähe der Baustelle. Um Geld zu sparen, schlief er mit einem Kollegen in einem Doppelzimmer. Er war abends vollkommen erschöpft, selbst das Schnarchen und die Schweißfüße des Kollegen konnten ihn nicht mehr stören.

Die Arbeit begann morgens um sechs und endete abends gegen zwanzig Uhr. Sie befestigten Deckenaufhängungen und mußten auf hohen Gerüsten über Kopf arbeiten. Wenn sie in Terminverzug gerieten, arbeiteten sie auch nachts und an den Wochenenden. Vater sagte, Mutter solle doch allein zur Kirmes gehen. Mutter schrie Vater an und knallte den Hörer auf. Ich versuchte, sie zu trösten, und sagte, daß sie auch mit mir tanzen gehen könne. Sie sagte, ich würde bestimmt lieber mit meinen Freunden zusammensein. Ich war erleichtert, daß sie nicht mitkommen wollte. Ich hoffte, an diesem Abend Ingrid zu treffen. Obwohl schon lange Schluß war, lief ich ihr immer noch nach, rief sie sogar zu Hause an, womit ich mich völlig unmöglich machte. Oft hockte ich stundenlang hinten im Lager, war bekifft und bildete mir ein, sie hätte Sehnsucht nach mir. Ich begriff damals nicht, daß Liebe einfach enden kann.

Statt am Samstag zu tanzen, arbeitete Mutter bei Effers. Sie nahmen mich mit in die Stadt. Effers fuhr an diesem Abend einen alten Mercedes Automatic, der noch glänzte wie neu und den er nur zu besonderen Anlässen fuhr. Er sagte, er hätte ihn fast immer in der Garage stehen, aber er erklärte nicht, was für ein besonderer Anlaß dieser Abend war. Er ließ mich an der Straße zum Kirmesplatz aussteigen und fuhr mit Mutter weiter. Ich lief mit Martin über den Rummel, wo wir Lia begegneten, die vor dem Eingang des Festzeltes stand und Zettel verteilte, mit denen sie Clara suchte. Da es noch früh war und wir erst später ins Zelt wollten, machte Martin den Vorschlag, zum Wehr zu gehen. Die Wellblechbude beim Wehr war noch überflutet, nur das Dach ragte aus dem Wasser. Auf dem Dach hockte ein Fischreiher, der aufflog, als wir auf den Steg kletterten. Er segelte ein Stück flußabwärts und kam wieder zurück; als er über uns flog, sahen wir seinen Schatten auf dem Wasser. Wir saßen auf dem Steg, lehnten an der rostigen Kurbelmechanik und redeten. Auf dem Wasser spiegelten sich bald Lichter vom Kirmesplatz. Martin erzählte von einem Mädchen, das er auf dem Rummel gesehen hatte, er wollte sie unbedingt an dem Abend noch einmal treffen. Aber wir sahen das Mädchen nicht mehr, hockten enttäuscht auf dem Geländer eines Karussells und aßen Backfisch und Fritten. Als gegen Mitternacht die Kasse zum Festzelt noch nicht aufgehoben war, krochen wir von der Rückseite unter der Plane ins Zelt. Ingrid stand mit dem Lehrer an der Theke. Ich setzte mich an einen Tisch und trank aus den Gläsern, die herumstanden, die Reste.

Mutter war noch nicht da, als ich mit Martin nach Hause kam. Martin blieb über Nacht, er lag auf einem Stellbett in meinem Zimmer und redete die ganze Zeit von dem Mädchen, das er am Abend gesehen hatte.

Nach der Kirmes rief Vater wieder an. Er entschuldigte sich, weil er auch am nächsten Wochenende nicht nach Hause kommen könnte. Er sagte, die Arbeiten auf der Baustelle müßten bis Ende September abgeschlossen sein. Mutter ließ ihn nicht zu Wort kommen. Ihre Stimme zitterte vor Wut.

«Irgendwas hast du immer», schrie sie, «du brauchst überhaupt nicht mehr zu kommen, wenn du meinst, ich bin nur dazu da, am Wochenende deine Klamotten zu waschen.» Vater erwiderte etwas, worauf sie schrie:

«Ja, ja, dann machst du das eben. Ich weiß, daß du eine andere hast, und es ist mir auch egal, wenn du wegbleibst. Bleib, wo du bist, du hast es geschafft, daß wir in dem Dreck hier gelandet sind. Ich würde mich auch nicht hier aufhalten wollen, wenn ich was Besseres hätte.» Einen Moment war sie still und hörte Vater zu. Man sah ihrem Gesicht an, wie wütend sie war.

«Aber glaub nicht, du kannst so einfach wieder zurück-kommen», schrie sie plötzlich, schlug den Hörer auf die Gabel und lief in ihr Schlafzimmer. Ich hörte sie in der Nacht weinen.

27

Drei Wochen nachdem Vater das letzte Mal mit Mutter gesprochen hatte, kam er wieder mit dem Pritschenwagen vorbei. Zwei seiner jugoslawischen Arbeitskollegen saßen im Führerhaus und warteten im Wagen darauf, daß er sie zum Hotel bringen würde. Vater hatte sich auf der Bau-stelle die Hand verletzt, sie war mit einem schmutzigen Verband umwickelt. Er stieg aus dem Wagen, holte den Koffer von der Ladefläche und ging müde die Treppe zu unserer Terrasse hinauf. Im letzten Monat hatte er fast dreihundert Stunden gearbeitet. Er verdiente durch die Überstunden eine Menge Geld, aber es reichte offenbar immer noch nicht, um unsere Schulden zu bezahlen. Bobby begrüßte ihn an der Terrassentür, sprang an sei-nem Bein hoch und drehte sich vor Freude im Kreis. Sein Geschwür auf dem Rücken war mittlerweile so groß wie eine Faust. Vater ging mit dem Koffer ins Badezimmer, löste den Koffergurt und kippte die schmutzige Wäsche in die Wanne. Mutter stand hinter ihm. Sie war wütend, weil er nichts sagte und so tat, als sei alles in Ordnung. Er drehte den Wasserhahn auf, wusch sein Gesicht mit der gesunden Hand und sagte: «Die Jugoslawen war-ten unten, ich muß sie noch zu ihrer Unterkunft brin-gen.»

«Du mußt immer irgendwohin. Immer wenn wir Probleme haben, verdrückst du dich», schrie Mutter.

«So geht es nicht weiter. Ich arbeite nur für unsere Schulden.»

«Wer ist denn schuld, daß wir hier hausen müssen?»

«Können wir nicht in Ruhe darüber reden? Es tut mir leid.»

«Mir auch, die letzten zwanzig Jahre tun mir leid», schrie Mutter. Meine Schwestern kamen zu mir ins Zimmer. Sie setzten sich auf mein Bett und guckten mich aus großen Augen verständnislos an, während ich so tat, als würde ich in einem Buch lesen. Ich hatte Angst, meine Eltern würden sich wieder wie früher streiten. Vater lief durch den Flur, holte seinen Koffer aus dem Badezimmer, warf ihn aufs Bett, zog die Schubladen auf, nahm frische Wäsche heraus und schrie:

«Es reicht jetzt, es ist nun einmal passiert.»

«Es ist nun einmal passiert», wiederholte Mutter spöttisch. «Ist das alles, was du zu sagen hast?»

«Weißt du, wie oft du mir Hörner aufgesetzt hast?» sagte Vater.

«Jetzt glaubst du das auch noch. Du weißt, sie haben das alles nur erfunden, um dich eifersüchtig zu machen.»

«Es ist nur eine Kellnerin gewesen.»

«Eine Kellnerin, bei der du wochenlang gewohnt hast.» Mutters Parfumfläschchen auf der Kommode fielen klimpernd um.

«Wenn du jetzt gehst, brauchst du nicht mehr wiederzukommen, bleib ruhig bei deiner Schlampe, die kann dir auch die Wäsche waschen.» Sie rannte mit der schmutzigen Wäsche über die Veranda und warf sie nach unten auf den Pritschenwagen.

28

In diesem Herbst ging ich mit Martin oft zum Wehr, wir lagen auf dem Steg, sahen zum Fluß, in dem sich Wolken und Uferbäume spiegelten und goldgelbe Blätter wie glitzernde Vogelschwärme über das Wasser flogen. Ich lag auf dem Steg und stellte mir vor, flußabwärts zu treiben, hatte das Gefühl, von allem getrennt und ohne Bedeutung zu sein. Einmal sahen wir Lia vorbeilaufen. Clara war immer noch wie vom Erdboden verschwunden. Polizei und Feuerwehr hatten über eine Woche am Urftufer und in den Wäldern jeden Meter abgesucht, ohne eine Spur zu finden. An Lichtmasten, Scheunentoren, an der Bahnhofstür, selbst im Zug, mit dem wir zur Schule fuhren, lagen Zettel, die Lia gemacht hatte. Auf den Zetteln war eine kleine fotokopierte Fotografie, auf der Clara vor dem Bahnerhaus stand. Mutter, die wieder regelmäßig Kontakt zu Lia hatte, erzählte, Lia gäbe Hilbert die Schuld, sie habe ihn angezeigt, und Hilbert sei schon mehrmals verhört worden. Überhaupt dachten alle, Hilbert hätte etwas mit Claras Verschwinden zu tun. Bei Effers hatte man ihn angepöbelt, es hatte Streit gegeben, er war verprügelt und aus der Wirtschaft geworfen worden. Seither sah man Hilbert kaum noch, er hatte wohl Angst, sich in Kall blicken zu lassen. Vom Wehr aus ging ich zur Nachtschicht. Ich machte meist Nachtschicht, den Tag über schlief ich, bis in den späten Nachmittag, dann setzte ich mich auf die Terrasse und wartete auf Mutter. Bobby lag neben mir, er hatte den Kopf auf den Vorderpfoten, knurrte und beobachtete unseren Vermieter, der unten auf dem Hof im Gerümpel herumstöberte und kontrollierte, ob etwas geklaut worden war. Er hatte jedes einzelne Gerät mit einem Zettel beklebt. Er glaubte tatsächlich, jemand sei so blöd, sein Gerümpel zu klauen. Er kam mit Ingrids Decke aus dem Lager und hielt sie nach oben und schrie, daß jemand im Lager gewesen sei. Als Mutter mit dem Bus nach Hause kam, schnappte Bobby das Küchentuch und lief damit schwanzwedelnd zum Tor, um Mutter zu begrüßen. Mutter gab mir einen Brief, den sie aus dem Kasten mit heraufgebracht hatte. Der Brief war von der Hochschule in Aachen. In dem Brief stand, daß meine Bewerbung angenommen worden sei und daß ich im Sommersemester das Studium aufnehmen könne. Ich ging in die Küche, um es Mutter zu erzählen. Sie schüttete Bobby gerade Fressen in den Napf und sagte, nachdem ich ihr den Brief vorgelesen hatte, jeder in der Familie interessiere sich nur für sich. Niemand würde sich um den Hund kümmern. Sie habe ihn nicht gewollt, aber an ihr bliebe die ganze Arbeit hängen. Sie wolle nicht mehr, es sei endgültig Schluß. Bobby würde morgen eingeschläfert, es sei das beste für ihn. Seit er das Geschwür auf dem Rücken habe, wolle ohnehin niemand mehr etwas mit ihm zu tun haben. Bobby roch ekelhaft aus dem Maul, weil er sich das Geschwür immer wieder aufbiß. Es war zu spät, die Geschwulst zu heilen. Mutter holte die Plastikdosen mit dem Kantinenessen aus ihrer Tasche und kam dann nach draußen, um Wäsche aufzuhängen. Die waren noch naß, die Waschmaschine funktionierte nicht mehr. Sie schimpfte, weil sie mir schon mehrmals gesagt hatte, daß ich mich darum kümmern solle. Sie wusch jetzt auch für Effers. Zuerst waren es nur Handtücher und Tischdecken, aber seit einiger Zeit waren auch Kleidungsstücke von ihm darunter. Sie kam meist erst spät von der Arbeit, und mitunter blieb sie noch lange unten bei Effers im Auto sitzen. Einmal, als ich früher von der Nachtschicht nach Hause kam, saßen sie in der Küche, an dem schmalen Tisch, den Vater gezimmert hatte. Mutter hatte keine Schuhe an, und sie trug nur eine weiße Bluse, unter der man ihren Büstenhalter sehen konnte. Sie hatte ihre Fußnägel lackiert, was ich lange nicht mehr an ihr gesehen hatte. Sie war nicht überrascht, als ich hereinkam, vielleicht hatte sie damit gerechnet, weil Bobby draußen auf der Terrasse angeschlagen hatte. Ich unterhielt mich ein paar Minuten mit Effers über die Arbeit im Zementwerk. Er sagte, er habe auch eine Zeitlang dort gearbeitet. Er wußte, daß ich Ingenieur werden wollte, und sagte, er habe auch einmal vorgehabt zu studieren, aber nach dem Krieg seien die Verhältnisse ganz anders gewesen. Er bot mir eine Zigarette an, ich sah seine verstümmelte Hand mit dem Daumen und stellte mir vor, wie er Mutter mit den Stummeln berührte. Ich nahm ihm nicht übel, daß er sich an Mutter heranmachte. Ich dachte, es sei das gute Recht von jedem, sich von dem Liebe zu nehmen, der bereit war, sie zu geben. Ich ging dann ins Bett, konnte aber nicht schlafen und lauschte auf jedes Geräusch im Haus.

Während Mutter die Spinne drehte, um an einen freien Platz für die Wäsche zu kommen, sagte sie, sie müsse am Abend nochmals zu Effers. Sie wartete nicht auf eine Antwort von mir, sondern ging gleich mit leerem Wäschekorb und Klammern zur Küche, um das Abendessen aufzuwärmen. Das Essen war gerade fertig, als meine Schwestern aus dem Hallenbad kamen. Sie stießen Bobby weg, als er sie begrüßen wollte, hängten ihre Badesachen auf, setzten sich an den Tisch, und wir aßen gemeinsam zu Abend.

Am nächsten Tag brachte ich Bobby zum Tierarzt. Auf dem Feldweg ließ ich ihn von der Leine. Er kläffte vor Freude, denn die letzten Monate war er nur auf der Terrasse gewesen. Er rannte bis zum Waldrand, ich hoffte, er würde wegrennen. Ich dachte, daß er vielleicht ahnte, daß wir ihn einschläfern lassen wollten. Vielleicht hat er es auch geahnt, aber wollte einfach nicht mehr leben, nicht allein sein und spüren, daß wir uns nur noch vor ihm ekelten. Er kam zurück, sprang an mir hoch, leckte meine Hand ab und wollte wieder angeleint werden.

Nachdem Bobby eingeschläfert war, brachte ich ihn wieder mit nach Hause. Wir beerdigten ihn im Lärchenwald hinter dem Lager. Die Lärchen standen so dicht, daß die unteren Zweige keine Sonne bekamen und Tausende Nadeln bei jeder Berührung herabrieselten. Der Boden war von Nadeln weich wie ein Teppich. Mutter warf Bobbys Tuch, daß er ihr immer gebracht hatte, wenn sie von der Arbeit gekommen war, in die Kiste. Sie weinte, ihre Haare und ihr Kleid waren voller Lärchennadeln. Meine Schwestern vergossen Krokodilstränen und brachten ein paar Tage lang Feldblumen zum Grab.

29

Nur Lia hatte noch Hoffnung, Clara zu finden. Mutter sagte, wenn das so weiterginge, würde Lia verrückt werden. Sie schlief nachts nicht mehr, statt dessen lief sie in der Wohnung umher und rief mitten in der Nacht bei uns an. Sie hörte nicht zu, wenn man ihr etwas sagte. Sie konnte sich nicht mehr auf ihre Arbeit an der Kasse konzentrieren, dauernd beschwerten sich die Kunden, weil sie falsche Preise eintippte. Man konnte ihnen nicht jedesmal erklären, daß Clara verschwunden war. Der Chef ließ sie schließlich im Lager arbeiten oder im Regalservice, wo sie nicht viel verkehrt machen konnte.

Als ich an diesem Abend aus der Schule kam, telefonierte Mutter gerade wieder mit Lia. Mutter redete beruhigend auf sie ein. Lia war der festen Überzeugung, Clara sei bei Hilbert. Mutter versuchte ihr verständlich zu machen, daß Hilbert schon mehrmals von der Polizei verhört worden sei, daß die ihn für unverdächtig hielten und daß er Clara bestimmt niemals etwas antun würde. Lia machte an diesem Abend einen völlig verzweifelten Eindruck. Mutter sagte ihr schließlich, sie solle zu uns kommen. Nachdem sie aufgelegt hatte, klingelte es wieder, und diesmal war Vater am Apparat, er hatte lange nicht mehr angerufen. Mutter war kurz angebunden und sagte, daß sie keine Zeit zum Telefonieren habe, da sie Besuch erwarte. Es dauerte aber noch eine Stunde, bis Lia kam, wir dachten schon, sie sei woanders hingegangen. Mutter war gerade im Badezimmer, als Lia an die Scheibe der Verandatür klopfte. Da ich in der Küche am Tisch saß und arbeitete, ließ ich Lia herein. In ihrer Jackentasche steckte der Stoffhase von Clara. Sie guckte mich an, berührte mein Gesicht und sagte, daß ich ein schöner, großer Junge geworden sei. Dann setzte sie mir plötzlich ihren Hut auf und sagte, daß Mutter den Hut von unserem Vater bekommen habe. Ich dachte, daß sie total durchgedreht sei, die Situation war mir unangenehm, und ich wäre am liebsten weggegangen. Doch in diesem Moment kam Mutter in die Küche, setzte Lia den Hut wieder auf, und Lia fiel ihr um den Hals und weinte. Mutter ging mit ihr ins Wohnzimmer. Ich hörte sie noch lange miteinander reden. Mutter ging in die Küche und machte Hühnerfrikassee warm, das sie aus der Kantine mitgebracht hatte. Sie bat Lia zu essen, denn sie aß so gut wie nichts mehr, sie war dürr geworden und sah krank aus. Lia sagte, sie müsse nach Hause, falls jemand anriefe, und dann lief sie ins Bad. Da mein Zimmer neben dem Bad lag, hörte ich, wie sie sich übergab, sich den Mund ausspülte und danach auf dem Klo saß und Selbstgespräche führte. Ich lag noch lange wach, hörte Lias oder Mutters Stimme, aber ich konnte nicht verstehen, worüber sie redeten. Es war spät in der Nacht, als Lia endlich ging. Mutter begleitete sie zum Auto. Als sie zurückkam, schob sie den Riegel der Verandatür vor und setzte sich noch eine Weile auf den Schaukelstuhl neben der Haustür. Später kam sie in mein Zimmer. Sie war nicht mehr nachts in meinem Zimmer gewesen, seit ich ein kleiner Junge gewesen war. Ich stellte mich schlafend, weil ich nicht mit ihr reden wollte, sie blieb am Bett stehen, hob ein Buch auf, das neben meinem Bett lag, und legte es auf den Nachttisch. Dann verließ sie mein Zimmer und schloß leise die Tür. Ich hörte, wie sie durch den Flur ging und sich dann im Schlafzimmer auszog.

30

Am Donnerstagnachmittag den 18. Oktober 1970 finden Schulkinder die Leiche von Clara hinter den Kläranlagen im Schwemmland. Die Kinder fahren mit einem Floß, daß sie sich aus Paletten und Kanistern gebaut haben, auf einem kleinen See umher, der noch von der Überschwemmung zurückgeblieben ist. Das schlammige Wasser ist von welken, langsam sinkenden Blättern bedeckt, die vom Wald auf der anderen Straßenseite herübergeweht werden.

Ein Großteil des Wassers ist mittlerweile versickert, und das Floß setzt häufig auf Grund. Die Kinder sagen später beim Gemeindepolizisten, daß es ihnen langweilig wurde, mit dem Floß zu fahren, und sie daher auf die Idee kamen, in das Rohr zu klettern. Das Rohr hat etwa eineinhalb Meter Durchmesser und dient als Abfluß bei Überschwemmungen. Durch das Hochwasser sind Zweige im Rohr hängengeblieben, die sich verkeilt hatten, so daß der Durchfluß verstopfte. Die Kinder stoßen mit Stecken in das weiche, aus Schlamm, Stroh und Ästen bestehende Innere und laufen dann zum anderen Ende des Rohrs. Das Rohr führt unter dem Weg hindurch, der von der Landstraße zur Kläranlage führt. Die Kinder laufen etwa fünfzig Meter am Kläranlagenweg entlang und klettern dann den Hang zur Urft hinunter. Als sie im Dunkel des Rohrs verschwinden, schreien sie lauthals. Nach einiger Zeit kommen sie wieder hervor, sie haben einen verschlammten Kinderschuh bei sich, irren am Ufer umher, bis sie sich entschließen, zur Polizeistation zu gehen. Als sie vor dem Schreibtisch des Gemeindepolizisten stehen, reden alle wirr durcheinander. Der Polizist vermutet, daß lediglich ein Kinderschuh vom Hochwasser angeschwemmt worden ist. Die Kinder weigern sich, nochmals zu der Stelle zu gehen, wo sie den Schuh fanden.

Im Rohr kommt dem Gemeindepolizisten Verwesungsgeruch entgegen, im Schein der Taschenlampe sieht er Claras Bein aus dem Schlamm ragen. Er informiert gleich die Kriminalpolizei in Bonn, bleibt am Ort, bis die Gegend um das Rohr abgesichert ist. Dann fährt er zum Supermarkt, um die Mutter zu benachrichtigen.

Lia räumt gerade Waren in ein Regal, als der Chef zu ihr
kommt und sie ins Büro bittet. Sie fragt nicht, um was es
geht. Vielleicht hat der Chef eine andere Arbeit für sie oder
will ihr kündigen. Sie würde es verstehen, wenn er sie ent-
ließe. In der letzten Zeit macht sie fast alles falsch und
kann sich auf nichts mehr konzentrieren. Während sie
dem Chef folgt, fragt sie, warum sie mitgehen muß. Der
Chef antwortet nicht, es ist, als würde er ihr davonlaufen,
durch den Laden und die mit Kartons vollgestellte Treppe
zum Büro hinauf, durch den Aufenthaltsraum, in dem
Lehrmädchen sitzen und rauchen und über sie tuscheln,
als sie ins Büro hineingeht. Der Gemeindepolizist steht am
Schreibtisch, er hat die Dienstmütze in den Händen und
wischt sich mit dem Ärmel über die Stirn. Lia spürt, daß
etwas nicht stimmt, will gar nicht wissen, was passiert ist,
sie will an etwas anderes denken, nur nicht an das, wovor
sie sich am meisten fürchtet. Sie redet davon, daß Clara
wohl bald wieder in den Kindergarten kommen wird. Sie
kennt den Polizisten, sein Enkelkind ist in Claras Alter, sie
haben manchmal miteinander gespielt. Der Polizist sagt,
Lia solle sich bitte hinsetzen. Das Fenster zu den Gleisen
steht offen, ein Zug fährt gerade in den Bahnhof ein. Der
Chef geht und schließt das Fenster. Sie sieht, wie er nach
draußen blickt und mit der Hand über den Hinterkopf
streicht, während der Polizist sagt, daß man Clara gefunden hat, daß sie im Rohr bei der Kläranlage gesteckt hat
und wohl ertrunken ist. Lia versteht nichts, es ist, als wür-

de der Polizist nur den Mund öffnen, in ihrem Kopf hämmert es unaufhörlich, es dröhnt, als hätte sie die Ohren verstopft. Sie hätte niemals zurückkommen dürfen. Sie hat alles falsch gemacht.

«Wo sollen wir denn jetzt hingehen», sagt sie immer wieder, «mein armes Clärchen, wo sollen wir denn jetzt hingehen.» Der Chef hat sich umgedreht und sagt zu dem Polizisten, daß sie unbedingt ein Beruhigungsmittel brauche. Der Polizist versucht Lia zu trösten, versucht sie festzuhalten, als sie aus dem Büro gehen will, aber Lia schreit und schlägt um sich, rennt die Treppe hinunter. Draußen irrt sie auf dem Parkplatz zwischen den Autos umher, rüttelt an verschlossenen Autotüren und tritt wütend dagegen. Baptist ist aus seinem Imbiß gekommen. Sie haben seit einem Monat nicht mehr miteinander gesprochen. Er versucht sie zu beruhigen. Sie spuckt ihm ins Gesicht, gibt ihm die Schuld an Claras Tod, reißt sich los und rennt zum Brückengeländer, klettert über das Geländer und sieht ins glitzernde Wasser, auf dem ihr Schatten treibt und wo sie Claras lachendes Gesicht zu sehen glaubt. Dann springt sie und taucht unter der Brücke wieder auf. Das Wasser ist dort nicht sehr tief. Sie kann stehen und geht zum Brückenpfeiler, auf dem sie als Kind oft gesessen und gespielt hat. Als sie auf den Pfeiler klettert, sieht sie ein blaues Entchen, das zwischen den Steinen eingeklemmt ist. Sie nimmt es an sich und kauert sich mit dem Entchen in eine Ecke. Sie ist sich sicher, daß es Claras Entchen ist. Sie weint und spricht mit dem Entchen. Autos fahren über die Brücke zur Stadt, oder sie biegen hinter der Brücke zum Parkplatz vor dem Markt ab. Am Geländer stehen Leute, die fragen, was geschehen ist. Eine Frau beschwert sich, daß Lia eine Beule in ihre Autotür getreten hat.

Am Sonntag, nachdem man Clara gefunden hatte, spielten wir in Ripsdorf Fußball. Vater, der nach langer Zeit einmal wieder zu Hause war und sich mit Mutter versöhnt hatte, sagte, er würde sich unser Spiel ansehen. Aber als der Mannschaftsbus mich abholte, lag er auf dem Sofa und schlief, und Mutter bat mich, ihn nicht zu wecken, da er am Abend schon wieder fahren müsse.

Wir waren fast eine Stunde unterwegs bis nach Ripsdorf, zu einem holprigen Platz außerhalb des Ortes. Während der Fahrt redeten ein paar der Jungs über Clara, sie stellten Vermutungen darüber an, was mit ihr passiert sei. Man wußte noch nicht, ob sie ertrunken war oder ob ihr jemand etwas angetan hatte. Ihre Leiche war nach Bonn ins gerichtsmedizinische Institut gebracht worden. Martin saß neben mir im Bus und sagte, Lia sei durchgeknallt, man könne gar nicht mehr mit ihr reden. Die Polizei war, nachdem man Clara gefunden hatte, bei Hilbert gewesen, er arbeitete zu der Zeit wieder an dem Ferienhaus an den Maaren. Als die Polizisten kamen, strich er gerade die Außenfassade, dachte wohl, sie würden wegen der Drogen oder ihrer Diebereien kommen, und machte den Fehler, wegzurennen. Als er erfuhr, daß man Clara gefunden hatte, war er völlig aufgelöst und sagte nichts Verständliches mehr. Drei Tage lang wurde er verhört, dann ließen sie ihn wieder laufen. Es war eigentlich allen klar, daß Hilbert was damit zu tun hatte, überall, wo man hinkam, wurde darüber geredet und Hilberts Name erwähnt. Eine Woche lang stand jeden Tag ein Artikel darüber in den Lokalnachrichten, und in jedem Artikel wurde Hilbert genannt.

Der Ripsdorfer Sportplatz lag auf einer Anhöhe, man sah über Wiesen und Felder bis zu einem Fichtenwald. Der Fußballplatz hatte ein solches Gefälle, daß der Ball von selbst zum Tor rollte. In der Halbzeit lagen wir mit zwei Toren im Rückstand, saßen erschöpft auf der Wiese, und Claßen schimpfte, wir würden zu viele individuelle Fehler machen. So würden wir den Aufstieg niemals schaffen.

«Wenn ihr weiter auf solchen Holperplätzen spielen wollt, macht nur so weiter», brüllte er. Dann ging er, die Hände auf den Rücken verschränkt, vor uns auf und ab und gab uns Anweisungen für die zweite Halbzeit. Martin hockte neben mir und pinselte seine Schürfwunden am Knie mit Jod ein. Das Jod lief ihm am Schienbein hinunter bis in die herabgerollten Stutzen. Claßen sah sich Martins Knie an und fragte, ob er noch spielen könne.

«Wenn's nicht mehr geht, nehm ich dich raus. Du hilfst ihm, Leo, ihr wechselt euch auf der linken Seite ab. Ihr müßt mehr nach vorne spielen.» Dabei wies er mit den Händen hektisch nach vorn, als würden wir nicht einmal die Richtung kennen, in die wir spielen sollten.

«Wir haben nichts zu verlieren», schrie er noch hinter uns her, als wir wieder auf den Platz liefen.

Auf der Rückfahrt legte Claßen eine Kassette mit Rolling-Stones-Liedern ein und drehte laut, wir waren ausgelassen und grölten, weil wir das Spiel noch gewonnen hatten. Nach dem Spiel gegen Ripsdorf waren wir ziemlich sicher, den Aufstieg doch noch zu schaffen. Martin hatte zwei der drei Tore geschossen. Seine Haare waren naß und klebten an der Schläfe, er hatte getrockneten Dreck an der Wange. Es regnete wieder. Vor uns kroch ein Traktor den Berg hoch. Auf dem Anhänger guckten Kinder unter den Planen hervor. Wir zuckelten langsam hinter dem Traktor her.

«Wenn das so weitergeht, kommen wir zu spät, und sie lassen uns nicht mehr ins Kino», maulte Martin. Wir riefen Claßen zu, er solle den lahmen Traktor überholen.

Als wir uns in der Sporthalle geduscht und umgezogen hatten, liefen wir zum Kino. Der Hauptfilm hatte bereits begonnen. Hinter dem Vorhang stand eine Frau, die unsere Karten abriß, dann mit der Taschenlampe über die Köpfe der Zuschauer leuchtete und uns zu unseren Sitzen begleitete. Ein paar Jungs in der Reihe hinter uns erkundigten sich, wie wir gespielt hatten.

Nach dem Film schlug Martin vor, zu den Sandsteinterrassen zu gehen. Da es zu regnen begann, krochen wir in eine der Höhlen, scharrten trockenes Laub zusammen und machten es uns bequem. Martin redete von einem Mädchen, das Ina hieß und im Kino gewesen war, sagte, er würde sie gern bumsen, jammerte aber, daß er überhaupt keine Chancen bei Frauen habe. Dann wollte er wissen, wie das mit Ingrid gewesen war. Ich sagte, ich hätte es vergessen, aber ich hatte gar nichts vergessen. Jeder Augenblick war mir noch ganz gegenwärtig, und ich war sicher, ich würde nie mehr so etwas erleben. Wir blieben in der Höhle, bis es nur noch nieselte, dann gingen wir über einen Pfad oberhalb der Tanzfläche. Ich glaube, wir wollten damals beide zu Tamaras Wohnwagen, nur traute sich keiner, das zuzugeben. Statt dessen machten wir Witze über ihre Ähnlichkeit mit einer Schauspielerin aus dem Film, den wir gerade gesehen hatten. Wir überquerten die Straße nach Gemünd und gingen ein Stück an der Fahrbahn entlang bis zur Kläranlage. Hinter der Kläranlage liefen wir über das Feld bis zu der Stelle, wo man Clara gefunden hatte. Auf dem Feld hatten Autos tiefe Spuren hinterlassen. In der eingezäunten Anlage des Klärwerks weideten Schafe. Beim Sammelbecken kletterten wir den Hang hinunter. An unseren Schuhe blieben Matschklumpen hängen, wir hielten die Schuhsohlen ins Wasser, um sie abzuspülen. Das Floß lag noch im Teich. Plastikbänder von der Absperrung und die Reste von Strohballen schwammen im Wasser. In der vergangenen Woche waren viele Schaulustige vorbeispaziert. Jemand hatte ein kleines Holzkreuz aufgestellt, vor dem Blumen und ein Stofftier lagen. Martin ging um den Teich herum zum Rohr, in dem die Jungs Clara gefunden hatten. Es lag ungefähr einen halben Meter über der Wasseroberfläche. Während ich am Teich hockte und versuchte, mich an Clara zu erinnern, kletterte Martin ins Rohr. Die Rohrwände waren mit Algen bewachsen. Am Ende des Rohrs war ein Stück vom gegenüberliegenden Flußufer zu sehen. Martin war etwa bis zur Mitte des Rohrs gelaufen und befand sich unter dem Kläranlagenweg. Er lehnte mit dem Rücken an der Rohrwand, stemmte seine Füße gegen die Rundung und rief:

«Man sieht gar nichts mehr von ihr. Stell dir vor, die Kleine hat hier gehangen. Sie hat praktisch mit dem Stroh zusammen das Rohr verstopft.» Seine Stimme hallte gespenstisch, und ich hatte ein mulmiges Gefühl, als ich zu ihm ins Rohr kletterte.

«Sie war doch schon längst tot», sagte ich, als ich bei ihm war.

«Woher willst du das wissen?» Martin kratzte seine Initialen mit einem Schweizer Offiziersmesser in die verkrusteten Ablagerungen des Rohrs. Er erzählte, Lia hocke Stunden im Lastenaufzug und würde weinen. Ich hatte plötzlich das Gefühl, keine Luft mehr zu bekommen, und sah Clara vor mir. Ich stieg über Martins Beine und lief auf das Licht am anderen Ende zu. Hinter mir hörte ich Martins Schritte. Das

Rohr endete über der Urft. Es gab keine Möglichkeit, am Rand hinaufzuklettern. Am anderen Ufer waren Löcher von Bisamratten, und am niedrigen Ufergeäst hingen Stroh und Treibholz. Auf dem lehmbraunen Wasser trieben Kisten von einem weit flußaufwärts liegenden Mineralwasserwerk. Ich blickte über den Bahndamm zur Kaller Straße, zu den hohen Pappeln, zwischen denen Tamaras Wohnwagen parkte und vor dem noch der Stuhl stand, auf dem sie im Sommer die Freier empfangen hatte. Es gab keinen besseren Ort, um zu beobachten, wer Tamara besuchte. Martin hielt mich fest. Ich glaube, ich wäre in den Fluß gesprungen, nur um aus dem Rohr zu kommen. Martin holte den Joint aus einer Schachtel, klemmte ihn zwischen eine Pinzette, zündete den Stummel an und sagte, ein paar Züge würden mir guttun. Er zog einmal und reichte mir den Joint. Als ich inhaliert hatte, spürte ich ein warmes Gefühl in der Gegend meines Sonnengeflechts. Für einen kurzen Moment hatte ich den Eindruck, als würde ich schweben, alles schien leicht und problemlos, unsere Stimmen hallten durch das Rohr, aber es war, als hallte es in mir selbst. Ich hörte, wie ich lallte und Dinge sagte, über die ich niemals reden wollte, ich nahm noch einen Zug, gab Martin den Stummel zurück und sah nach draußen. Ich überlegte, ob es möglich sei, neben dem Rohr am Ufer entlangzuklettern. Dann sah ich Hilberts Bus auf Tamaras Parkplatz fahren. Der Bus war verbeult und mit roter Farbe beschmiert. Ich hatte Hilbert lange nicht mehr gesehen und auch nicht mehr an ihn gedacht. Er parkte den Bus, und erst nach einiger Zeit, die mir wie eine Ewigkeit vorkam, stieg er aus und schwankte auf Tamaras Wohnwagen zu. Sie hatte ihn gesehen und öffnete wahrscheinlich nicht, weil Hilbert ausgesprochen kaputt aussah. Ich hatte plötzlich Angst, er würde zum Teich kommen.

33

Nach der Arbeit ging ich mit Mutter zum Friseur. Sie meinte, daß wir zu Claras Beerdigung am nächsten Tag anstän-
dig aussehen müßten, was wohl mehr auf mich gemünzt
war. Ich wollte eigentlich gar nicht zu dieser Beerdigung,
aber Mutter sagte, daß ich sie nicht allein dort hingehen lassen könne und daß es ja nicht zuviel verlangt sei, wenn ich
sie begleitete. Ich war, seit ich ein kleiner Junge gewesen
war, nicht mehr mit Mutter beim Friseur gewesen. Sie erinnerte mich daran und sagte, ich hätte früher immer Angst
vor dem Haarschneiden gehabt. Wahrscheinlich hätte ich
immer noch Angst, und die langen Haare seien nur ein
Vorwand, nicht zum Friseur gehen zu müssen. Sie lachte
dabei, weil sie das selbst nicht ganz ernst nahm.

Ich kam mir blöd vor, als ich neben ihr in dem Salon
stand, in dem nur Frauen saßen. Mutter war lange nicht
mehr bei Delamot gewesen, und schon als sie die Tür öffnete und eingetreten war, empfing der Mann sie mit lau-
tem Trara, man merkte, daß es ihr vor all den anderen
Kundinnen peinlich war. Delamot machte immer so einen Zirkus mit ihren roten Haaren, er bestand darauf, sie
selbst zu frisieren, dabei wäre Mutter die kleine Angestellte, die mich bediente, viel lieber gewesen. Delamot redete
unentwegt. Er konnte nicht verstehen, daß sie ihr Haar
abschneiden lassen wollte, und versuchte, es ihr auszureden. Mich wunderte es auch, daß sie das machen ließ,
denn Vater hatte immer etwas dagegen gehabt. Manchmal
hatte sie so etwas im Sommer angedeutet, weil die Haare

einfach zu dick und zu lang waren. Es gab jedesmal Streit deswegen. Mutter sagte, daß sie die Haare wegen der Arbeit in der Kantine abschneiden ließe, aber ich glaubte ihr das nicht, und Delamot glaubte es ihr erst recht nicht. Er sagte, immer wenn Frauen sich die Haare abschneiden ließen, sei etwas im Busch. Er grinste dabei, und man konnte seine goldenen Zähne im Spiegel blinken sehen. Er wechselte von einem Thema zum nächsten, wollte alles mögliche wissen, hatte zu jeder Sache, die in der Gegend passiert war, eine Meinung. Ich saß auf dem Frisierstuhl und konnte die beiden nur im Spiegel sehen. Das Mädchen, das mich frisierte, war blond und hatte lockige, halblange Haare, ein hübsches Gesicht und eine kleine fleischfarbene Warze an der Lippe. Manchmal zwinkerte sie mir zu, wenn Delamot irgendeinen Mist erzählte. Mutter hörte ihm gar nicht richtig zu, sie hatte bis tief in die Nacht bei Effers gearbeitet und höchstens vier Stunden geschlafen, bis sie wieder aufstehen mußte, um zur Kantine zu fahren. Sie war müde und nickte beinahe ein, während Delamot um sie herumtänzelte. Die langen Haare hatte er schon abgeschnitten und auf dem Boden vorsichtig mit der Fußspitze zur Seite geschoben, so, als wollte er sie aufbewahren. Mutter sah mit der kurzen Frisur wie eine andere Frau aus, und sie hatte sich auch sonst sehr verändert. Sie übernachtete jetzt manchmal in einem der Gästezimmer bei Effers, und ich wollte mir gar nicht vorstellen, was sie sonst noch bei ihm machte.

Als Delamot von Lia redete, setzte er eine mitleidsvolle Miene auf und bewunderte sich selbst dabei im Spiegel, sagte, wie tragisch das alles wäre, und schnatterte wie seine Schere. Er sagte, daß der Zugführer die Kleine eigentlich hätte sehen müssen: «Vielleicht lag es am Regen, es hatte wie verrückt geschüttet an diesem Nachmittag, die

Kleine wurde genau im toten Winkel vom Zug erfaßt und in die Urft geschleudert, ungefähr auf der Höhe des Wehrs. Nur ein paar Leutchen waren im Zug, von denen keiner etwas bemerkt hatte. Es muß der Tag gewesen sein, an dem wir das Unwetter hatten, es war bestimmt dieser Tag, das Urftwasser war über die Brücke geflossen, die Gärten waren überschwemmt worden, und in der Bahnunterführung waren Autos im Wasser steckengeblieben. Jetzt wissen sie, daß Hilbert nichts mit der Sache zu tun hatte. Ich hab's immer gesagt, für Hilbert war das Mädchen wie seine eigene Tochter. Alle haben dem armen Kerl das anhängen wollen. Jetzt ist er wie vom Erdboden verschwunden.»

Delamot redete dann von Hilberts Eltern, er schien auch etwas über ihren Tod zu wissen, aber er machte nur Andeutungen, pfiff dabei durch die Zähne und sagte: «Vielleicht ist es doch gut, daß Lia mit Hilbert Schluß gemacht hat. Sie muß nicht unbedingt die Fehler ihrer Mutter wiederholen. Selbst in den besten Familien soll so was ja passieren. Bin nicht sicher, ob Lia davon weiß. Jedenfalls kannte ich ihren Vater, der reiste als Holzaufkäufer durch die Eifel, der Kerl hat nicht nur was mit Elisabeth gehabt.» Mutter war plötzlich nicht mehr so gelassen, sondern sagte erbost, daß sie dieser Klatsch und Tratsch nicht interessiere.

Mutter arbeitete am Abend wieder bei Effers, und am nächsten Morgen hatte sie wegen Claras Beerdigung in der Kantine freigenommen. Sie stand lange im Badezimmer und schminkte sich, während ich in der Küche Kaffee aufgoß und den Tisch deckte. Unser Küchentisch war nur ein schmales, mit Resopal beschichtetes Brett, das Vater an der Wand neben dem Geschirrschrank befestigt hatte. Unter dem Tisch standen Barhocker, die noch aus unserer Wirtschaft stammten. Mutter kam aus dem Badezimmer und setzte sich zu mir. Sie trug ein dunkelblaues Etuikleid, das ihr ein bißchen zu eng war. Wir tranken schweigend den Kaffee. Ich vermutete, daß sie wieder nicht zu Hause geschlafen hatte. Sie gähnte und sah auf dem Wandkalender von der Raiffeisenkasse auf die Namenstage der Kirchenheiligen. Mutter hatte unsere Geburtstage auf dem Kalender markiert. Alfons hatte am Namenstag des heiligen Eusebius Geburtstag, meine Schwestern an den Namenstagen der heiligen Adelheit und Leonita. Ich ärgerte mich, daß ich Mutter versprochen hatte, mit zur Beerdigung zu gehen, ich suchte bis zuletzt nach einer Ausrede, aber mir fiel nichts ein. Nachdem wir gefrühstückt hatten, bestellte Mutter ein Taxi. Wir warteten unten an der Straße. Mutter kannte den Fahrer noch aus der Zeit, als wir die Wirtschaft hatten. Sie hatte ihn immer bestellt, wenn betrunkene Gäste nach Hause gefahren werden mußten. Sie setzte sich nach vorne und sprach mit dem Taxifahrer, während wir nach Kall zum Friedhof fuhren. Mutter erzählte von der Rehabilitationsklinik, in der Alfons mittlerweile behandelt wurde. Ich hatte das Gefühl, sie nicht mehr wiederzukennen, sobald sie mit fremden Leuten sprach. Sie sagte, es ginge Alfons bereits viel besser. Sie redete von seinem Wunsch, Pilot zu werden, davon, daß Alfons nach seinem Klinikaufenthalt nach Hause kommen würde. Ich fürchtete, Mutter mache sich etwas vor, denn wenn ich am Telefon mit Alfons sprach, erkannte er mich nicht einmal und stotterte nur herum. Der Friedhof lag hinter dem Ortsausgang inmitten von abgeernteten Feldern, durch die ein schnurgerader geteerter Weg führte, der vor einem Parkplatz neben einer Abfallgrube mit alten Kränzen, Blumengebinden und verrotteten, ausgerissenen Zierhecken endete. Wir waren spät dran, die Trauergäste standen schon beim Totenhäuschen.

Nachdem wir ausgestiegen waren, hakte Mutter sich bei mir ein. Sie ging unsicher auf ihren hochhackigen Schuhen, ich fand, daß sie sich für ihr Alter und für den Anlaß zu sehr aufgedonnert hatte. Hinter dem Friedhof begann ein kleiner Eichenwald. Ich erinnerte mich, daß ich mit Freunden früher im Wald hinter dem Friedhof in einer Baumbude gelegen hatte, um Beerdigungen zu beobachten. Damals dachte ich, nur andere würden sterben. Alter und Tod schienen mir unendlich weit entfernt. Als wir näherkamen, hörten wir den Pfarrer predigen: «... alles, was ihr binden werdet auf Erden, wird auch im Himmel gebunden sein; alles, was ihr lösen werdet auf Erden, wird auch gelöst sein im Himmel...» Lia stand neben ihren Eltern, um ihre verweinten Augen lagen dunkle Schatten. Die ganze Verwandtschaft war da, einige von Lias Arbeitskolleginnen und ihr Chef. Hilbert war nicht gekommen. Im Totenhäuschen lagen Blumengebinde und Kränze. Mutter schaute nach dem Kranz, den sie bestellt hatte, es war ein schöner Kranz mit Rosen und Chrysanthemen. Geschwind hatte es genau richtig gemacht. ‹In stiller Trauer, Susanne Arimond und Familie› stand auf der Schleife. Mutter drängte sich zwischen all den Leuten hindurch und nahm Lia in den Arm. Es schien mir übertrieben, wie sie sich benahm, während der Pfarrer weiter aus dem Buch vorlas: «... keiner von uns kann sagen: Ich bin frei von Schuld. Wenn wir sagen, wir haben keine Sünde, so täuschen wir uns selbst, und die Wahrheit ist nicht in uns.» Dann segnete er uns, und wir beteten. Ich murmelte mit, obwohl ich gar nicht wollte. Aber ich hatte am Ende das Gefühl, als sei es nicht sinnlos gewesen. Dann wurde der weiße kleine Sarg von vier Männern zum Grab getragen. Auf der ausgehobenen Erde lagen Kränze. Das Grabloch war mit grünem Kunststofffrasen ausgelegt. Der Sarg wurde langsam mit einer Winde ins Loch hinuntergelassen. Der Pfarrer hielt eine Ansprache. Danach warfen die Trauernden mit einem Schäufelchen etwas Erde oder eine weiße Rose ins Grab. Nachher ließ Mutter sich noch überreden, mit zum Kaffee zu kommen. Sie unterhielt sich die ganze Zeit mit Lias Mutter. Ich saß nur herum und langweilte mich.

34

Erst kurz vor Weihnachten wurde mein Bruder aus der Rehabilitation entlassen. Mutter mußte an dem Tag wegen einer Betriebsfeier länger arbeiten, und ich holte Alfons mit meinen Schwestern am Bahnhof ab. Seit dem Unfall telefonierte Mutter ein- oder zweimal in der Woche mit ihm. Es waren immer sehr mühsame Gespräche, weil Alfons sich kaum noch an etwas erinnern konnte und immer nur von seiner Fliegerei redete. Die Ärzte sagten, sein Zustand könne sich bessern, wenn die Nervenfasern einen neuen Weg fänden, oder es könne schlimmer werden und schließlich in einem Dämmerzustand enden.

Als der Zug in Kall eintraf, stand ich mit meinen Schwestern am Bahnsteig. Wir mußten Alfons aus dem Zug herausholen, weil er sonst weitergefahren wäre. Wir hatten ihn seit einem Jahr nicht mehr gesehen. Er hatte ein Namensschild mit unserer Adresse umhängen und hatte seine Jacke falsch geknöpft, war unförmig und bewegte sich, als würde er schlafwandeln. Mitten im Satz suchte er plötzlich nach Worten, hatte Schwierigkeiten, sich an unsere Namen zu erinnern. Ich nahm seinen Koffer, und wir gingen zur Cafeteria des Supermarkts. Dort wollten wir auf

Mutter warten. Schneeflocken trieben über den Parkplatz. Sie blieben in den Hecken vor den Bahngleisen hängen. Neben dem Eingang stand ein Mann von einem Wanderzirkus mit einer Sammelbüchse und bat um Geld für das Winterfutter der Tiere. Alfons glotzte die Leute an, als wären sie Wesen von einem fremden Stern. Er wollte unbedingt in einen kleinen Kinderhubschrauber einsteigen, der vor dem Einkaufsmarkt stand, meine Schwestern quengelten, sie wollten Fritten vom Imbiß. Ich kaufte ihnen nichts, da Mutter gesagt hatte, sie wolle am Abend ein Begrüßungsessen kochen. Wir setzten uns in die Cafeteria und warteten auf sie. Ein paar Verkäuferinnen saßen am Ecktisch, ich hatte den Eindruck, als würden sie über uns reden. Lia tänzelte über den Parkplatz in Richtung Stadt, sie hielt die Hände in die Luft, als wolle sie Schneeflocken auffangen. Vor der Einkaufshalle gab es keine Parkplätze mehr, manche Autos fuhren so lange im Kreis, bis irgendwann ein Platz frei wurde. Auf den Dächern der Autos, die von den höher gelegenen Dörfern kamen, lag Schnee. Ein Angestellter ging über den Parkplatz und leerte Papierkörbe. Martin setzte sich zu uns an den Tisch und versuchte, mit Alfons ein Gespräch zu führen, aber Alfons redete nur Quatsch, ich schämte mich wegen dem Zeug, daß er redete, er wollte immer noch zum Kinderhubschrauber. Meine Schwestern waren im Einkaufsmarkt verschwunden. Während ich nach ihnen suchte, kletterte Alfons in den Hubschrauber. Die Kabine bewegte sich langsam mit ihm nach oben, er lehnte sich aus dem Fenster und schnitt Grimassen. Er paßte kaum in die Kabine, und er war viel zu schwer für das Gerät, ich hatte Angst, daß er mit dem Ding umkippen würde, schrie, daß er herunterkommen solle. In diesem Moment kam Ingrid aus dem Markt. Ich hatte sie lange nicht mehr gesehen. Sie arbeitete seit einiger Zeit nicht mehr im Markt. Sie schien mir hübscher und begehrenswerter als je zuvor. Ich lief hinter ihr her, obwohl ich wußte, daß es vollkommen sinnlos war und ich mich damit nur lächerlich machte. Sie trug Lebensmittel zu ihrem Auto. Ein Angestellter fuhr mit einem Gabelstapler Leergutkisten zum Flaschenlager. Als Ingrid bemerkte, daß ich hinter ihr herlief, blieb sie stehen, sah mich genervt an und sagte:

«Was soll das, Leo, begreif endlich, daß Schluß ist. Ich hab meinem Mann alles erzählt.» Sie weinte und lief zum Wagen. Als ich mich umdrehte, stand Alfons hinter mir, er grinste so überlegen, wie er es früher auch immer getan hatte, und da wußte ich, er würde wieder gesund werden.

35

Seit Claras Tod findet Hilbert keine Ruhe mehr. Er denkt immer noch, alle meinen, er sei schuld daran, glaubt, daß sie damit vielleicht recht haben. Seit man sie gefunden hat, fährt er im Bus mit seinem Freund durch die Eifel. Sie beschaffen sich Geld, indem sie in Wochenendhäuser einbrechen und sie ausräumen. Das Inventar verkaufen sie auf Trödelmärkten in Belgien. Mit Beginn des Winters gibt es keine Trödelmärkte mehr, es wird immer schwieriger, die gestohlenen Sachen loszuwerden und an Geld zu kommen. Die meisten Nächte des Winters und Weihnachten hat er in dem renovierten Wochenendhaus an den Maaren verbracht. Dort fühlt er sich einigermaßen sicher. Manchmal, wie auch jetzt Anfang Februar, fährt er zu Claras Grab. Wenn er dort steht, hört er Stimmen und hat Gewaltphantasien. Er glaubt, daß Lia ihm das antun wollte und daß er sich wehren muß. Als Hilbert zum Bus zurückkommt, liegt sein Freund schlafend unter einer schmutzigen Decke. Hilbert stößt ihn mit dem Fuß an, redet von Lia und Baptist, davon, daß sie ihn betrogen haben. Jochen läßt ihn reden, es wird nur schlimmer, wenn er etwas erwidert.

«Ich muß mir nicht alles gefallen lassen, meinst du, ich müßte mir alles gefallen lassen», schreit Hilbert. Sie kommen an den Sandsteinterrassen vorbei, dem schneebedeckten Holzlager vor dem Sägewerk und der Autoreparaturwerkstatt von Stinnes. Stinnes hat einen alten NSU auf dem Garagendach stehen. Von der Straße aus sieht Hilbert hinüber zum Bahnerhaus. Er hofft, Lia zu begegnen oder sie wenigstens aus der Ferne zu sehen, er denkt nur noch daran, wie er sie für all das bestrafen wird, was sie getan hat. In den Nachrichten heißt es, daß der Winter nochmals zurückkommen wird. Hilbert hält bei einer Telefonzelle, er ruft Lia an, beschimpft sie, er will das eigentlich nicht, aber sobald er ihre Stimme hört, kann er nicht anders. Auf dem Höhenrücken zwischen Zingsheim und Engelgau beginnt es zu schneien. Jochen schläft hinten im Bus auf der Koje. Hilbert fährt in die Vulkaneifel und parkt den Bus auf einem Parkplatz oberhalb des Maars. Die Scheinwerfer leuchten in den immer dichter fallenden Schnee. Im Radio übertragen sie eine Sendung, in der Leute ihre Probleme einer Psychologin anvertrauen. Zwischen den Wortbeiträgen spielen sie *Norwegian Wood* und *All my lovin*. Hilbert denkt daran, anzurufen und von den Stimmen in seinem Kopf zu erzählen. Er stellt sich vor, wie die Psychologin beruhigend auf ihn einredet.

Jochen ist wach geworden, hockt eine Weile hustend auf der Koje, öffnet die Schiebetür und verläßt den Wagen. Hilbert sieht, wie er durch das Scheinwerferlicht torkelt und auf dem Hosenboden den Wiesenhang hinabrutscht, er geht über einen Pfad, der zum Maar führt. Hilbert läuft hinter ihm her, er hat Angst davor, allein zu sein, er ruft Jochen zu, daß er stehenbleiben soll, aber der scheint ihn nicht zu hören, läuft, ohne sich umzusehen, weiter. Hilbert folgt seinen Spuren, die zum Ferienhaus auf der anderen Seite des Maars führen. Als Hilbert am Haus ankommt, steht Jochen zitternd vor der Tür, er hat die Arme vor der Brust verschränkt, läuft im Schnee hin und her und wartet, daß Hilbert endlich aufschließt. Sie haben das Haus leergeräumt und alles verkauft bis auf ein paar Decken und Matratzen. Vom Schlafzimmerfenster sieht Hilbert zum Maar hinunter. Im Sommer sind sie mit einem Tretboot ans andere Ufer gefahren. Jetzt ist das Ufer zugefroren, und die Uferbäume und Hecken sind mit gefrorenem Nebel behangen. Hilbert versucht, sich an schöne Dinge in seinem Leben zu erinnern, aber die Erinnerung daran fällt ihm immer schwerer. Er hätte jetzt gerne mit der Psychologin geredet. Aber im Haus sind weder Telefon noch Radio, und Hilbert bereut es, daß sie alles verkauft haben. Nur an den Wänden hängen noch Wechselrahmen mit Fotografien von blühenden Ginsterhecken und Vulkankratern, Aufnahmen, die die Söhne des Hausbesitzers gemacht haben.

36

Über Weihnachten und Neujahr war Vater nur kurz zu Hause gewesen, er hatte wieder Terminarbeiten gehabt. Anfang März bekam er endlich Urlaub, um mit uns die oft versprochene Fahrt in die Eifel zu machen. Eigentlich wollte ich gar nicht mitfahren, und Vater wollte ohnehin nicht, aber Mutter bestand darauf, daß wir alle zusammen fuhren. Vater hatte sich von seinem Chef den neuen Mercedes-Kombi geliehen, mit einer veloursbezogenen Ladefläche und silbernen tragenden Längsstegen auf dem Dach.

Als wir losfuhren, lag am Straßenrand mit Streusand gemischter dreckiger Schnee. Am Supermarkt sahen wir Lia über die Urftbrücke gehen, sie trug einen Mantel, einen roten Schal und ihren Hut, den sie tief ins Gesicht gezogen hatte. Mutter sagte, daß Lia langsam über Claras Tod hinwegkomme. Sie winkte ihr zu, aber Lia bemerkte uns nicht. Wir fuhren weiter durch das Industriegebiet zur Schnellstraße, die man vor kurzem gebaut hatte. Der Himmel war grau und hing voller Schnee, und die Dörfer und Flüsse erschienen mir viel kleiner als in meiner Erinnerung.

Am frühen Mittag erreichten wir Prüm. Mutters Elternhaus lag in der Spiegelstraße, ein paar Meter vom Marktplatz und der Basilika entfernt. Mutter versuchte, Vater zu überreden, mit ins Haus zu kommen, aber er sagte, er würde mit Alfons im Wagen bleiben. Sie stritten sich beinahe, und Mutter sagte, als sie aus dem Auto stieg und erbost die Tür zuknallte, daß er ein Angsthase sei. Wir gingen in die Wirtschaft, um Oma abzuholen. Einige Gäste an der Theke erkannten Mutter. Sie stellte sich zu ihnen und redete im Prümer Dialekt. Man spürte, daß sie sich trotz allem zu Hause fühlte. Oma saß in einem kleinen Raum, von dem aus es in die frühere Backstube ging. Ihr dünnes, gelbgraues Haar war zu einem Zopf geflochten und hochgesteckt, und auf ihren Wangen hatte sie ein Gewirr von roten und blauen Äderchen. Sie sagte, daß sie wegen Alfons mit Frau Blum in der Kirche gewesen sei und Kerzen angezündet habe.

«Es ist schon viel besser mit ihm geworden», sagte Mutter, «mit dem Sprechen hat er noch Schwierigkeiten. Aber das wird schon wieder.» Oma zog sich Schuhe an, Schuhe, die sehr groß waren, wegen ihrer geschwollenen Füße. Da sie sich schlecht bücken konnte, band ich ihr die Schnürsenkel zu. Dann verließen wir die Wirtschaft, ohne daß Mutter mit ihrem Bruder ein Wort gesprochen hätte. Da für sieben Personen kaum Platz im Auto war, kletterte ich mit Alfons auf die Ladefläche. Wir blickten durch die Heckscheibe nach draußen. Oma saß neben Vater. Sie war so schwer, daß ich den Eindruck hatte, der Wagen würde von ihrem Gewicht etwas zu ihrer Seite neigen. Mutter saß nun hinten zwischen meinen Schwestern, sie hatte die Arme um ihre Schultern gelegt, und die beiden schliefen bereits, als wir aus Prüm hinausfuhren, zu den abgelegenen Dörfern der Schnee-Eifel, in denen Oma ihre Kindheit verlebt hatte. Eisiger Wind fegte über die Straße, es war glatt, und Vater mußte Schrittempo fahren. Wir fuhren nach Birresborn und von dort zu den Maaren, die inmitten der Schneelandschaft lagen. Oma sagte, sie wolle, bevor sie sterben müsse, alle Orte ihrer Kindheit und Jugend gesehen haben. Sie erzählte von ihrer Jugend, wie sie Opa kennengelernt hatte, als der mit dem Bäckerwagen über die Dörfer fuhr, erzählte von Menschen, die ich nicht kannte, es kam mir so vor, als seien sie nur Figuren einer Geschichte, die man erfunden hatte, um nicht alles zu vergessen. Wir folgten ein Stück der Kyll, die Berge, Täler, Wiesen und Dörfer flossen im Heckfenster zusammen. Krähenschwärme flogen von Feldern auf, Krähenschwärme, die den Eindruck eines Leichenzuges machten. Omas Stimme wurde zu einem leisen Summen, von dem ich schläfrig wurde. Irgendwann erwähnte sie einen Mann, der in der Wirtschaft aufgetaucht war, sie fragte, ob Mutter mit mir darüber gesprochen habe.

«Wir werden es ihm schon noch sagen», flüsterte Mutter, sie drehte sich nach mir um, strich mir durchs Haar und schien beruhigt, daß ich schlief und nichts gehört hatte. Danach redeten sie nicht mehr viel. Es schneite unaufhörlich, die Äste der Bäume am Straßenrand bogen sich unter der schweren Last. Ich befürchtete, wir würden im Schnee steckenbleiben und ich würde das Training versäumen. Aber Vater schaffte es irgendwie.

37

Nachdem Lia von der Arbeit gekommen ist, läßt sie Wasser in die Badewanne einlaufen, geht noch einmal in die Küche, um das Kofferradio zu holen, stellt es auf den Klodeckel neben der Wanne und sucht nach einem Sender. Sie ist kurz in der Badewanne eingeschlummert und hat danach den Eindruck, Clara würde vor dem Haus im Schnee spielen. Sie hat manchmal solche Anwandlungen und vermag nicht, zwischen Wirklichkeit und Phantasie zu unterscheiden. Als es klingelt, steigt sie aus der Wanne, um Clara die Tür zu öffnen. Sie zieht schnell den Bademantel über und läuft zur Tür. Ihre nassen Füße hinterlassen Spuren auf dem Fliesenboden. Als sie die Tür öffnet, steht Hilbert da. Sie ist so überrascht, daß sie nichts sagen kann. Hilbert sieht heruntergekommen aus, seine Wangen sind eingefallen, auf der Stirn und an den Mundwinkeln hat er Ausschlag. Er trägt einen schmuddeligen Anzug, darüber einen langen Mantel, der am Saum dreckig ist und über den Boden schleift. Er wirkt seltsam ruhig, wahrscheinlich hat er gerade Drogen genommen. Lia hat ein schlechtes Gewissen ihm gegenüber, sie meint, daß sie ihm unrecht getan hat. Hilbert trägt noch das silberne Kettchen mit dem Kreuz, das sie ihm zur Hochzeit geschenkt hat. Lia hatte immer gewußt, daß er sie niemals in Ruhe lassen würde; er hatte es oft genug gesagt, sie würden zusammengehören, es sei Gottes Wille, niemand könne sie trennen. Sie hatte darüber gelacht, wie sie sich immer lustig gemacht hatte über seine religiösen Anwandlungen. Als sie noch zusammenlebten, war er jeden Sonntagmorgen aufgestanden, hatte Clara angezogen und war mit ihr zur Frühmesse gegangen, während sie selbst im Bett blieb.

Hilbert steht noch immer vor der Haustür. Plötzlich packt er ihr Handgelenk, macht einen Sprung auf den Treppenabsatz, stößt sie in den Flur und tritt die Haustür zu. Lia wehrt sich nicht.

«Zieh dir was an!» befiehlt er. Ihre Kleider liegen in der Küche auf einem Stuhl. Lia hat seit Tagen nicht gespült, auf dem Tisch steht schmutziges Geschirr. Sie ist nie eine gute Hausfrau gewesen, nicht einmal eine gute Mutter. Sie denkt, daß sie wenigstens den Tisch abräumen müßte. Hilbert sagt, daß er mit ihr zum Wehr gehen will, zu der Stelle, wo Clara ins Wasser gefallen ist. Lias Haar ist noch naß und lockt sich, ein paar Tropfen laufen in ihren Nacken herab. Sie trocknet sich mit dem Bademantel ab und zieht sich an. Hilbert setzt sich auf einen Küchenstuhl, sagt, sie solle sich beeilen. Hilbert sieht ihr beim Anziehen zu, sie bekommt Gänsehaut.

«Keine Strümpfe...», befiehlt Hilbert, seine Stimme flößt ihr Angst ein. «...Keine Strümpfe...», wiederholt sie leise, «...keine Strümpfe...» Sie bückt sich und schlüpft in ihre Stiefel, sie fühlen sich kalt und glitschig an. Als sie auftritt, lösen sich Dreckkrümel von der Sohle. Das Telefon klingelt. Seit das Unglück mit Clara passiert ist, ruft Sanny täglich um diese Zeit an. Hilbert ist ungeduldig, aber er sagt nichts mehr, nur, daß sie das Telefon klingeln lassen soll. Lia nimmt ihren Mantel von der Garderobe, stopft das nasse Haar unter den Hut. Das Telefon hört auf zu klingeln, als sie draußen am Haus vorbeigehen. Vom Sportplatz wehen Stimmen herüber, und das Flutlicht ist als schwacher Schein am Himmel zu sehen. Lia denkt an Leo, der dort trainiert, daran, daß sie Sanny versprochen hat, nicht mit ihm darüber zu reden, Sanny will es ihrem Sohn selbst sagen, Lia denkt, daß es viele unglaubliche Sachen im Leben gibt, sie ist plötzlich sicher, daß Clara ganz in ihrer Nähe ist, daß Hilbert sie zu ihr führen wird. Hilbert ist doch ein guter Mann, sie hätte ihn nicht so behandeln dürfen. Er geht dicht hinter ihr. Sie kann seinen Atem hören. Von überhängenden Zweigen rieselt Schnee. Der Fluß gluckst leise. Neben den Gleisen liegen alte, nach Karbolineum riechende Schwellen. Am Rand des Pfades fällt der Hang steil zum Fluß ab. Auf dem Wasser sieht Lia den Lichterschein vom Sägewerk. Ein Zug rattert vorbei. Schnee wirbelt auf. Je näher Lia und Hilbert ans Wehr kommen, um so mehr werden alle umliegenden Geräusche geschluckt. Autos, deren Scheinwerfer hinter dem Sägewerk sichtbar werden, gleiten lautlos über die Straße nach Kall. Es scheint ihr, als würden die Dinge um sie herum verschwinden, sich auflösen wie Schnee, der ins Wasser fällt. Die Urft schlängelt sich hinter dem Wehr weiter durch die Felder. Es gewittert kurz, Lia bleibt in diesem Moment erschrocken stehen. Hilbert stolpert gegen sie, verliert kurz das Gleichgewicht; sie hätte ihm nur noch einen Stoß versetzen müssen, statt dessen hält sie ihn am Mantel fest und verhindert, daß er den Hang zur Urft hinunterstürzt.

«Weiter!» zischt Hilbert. Lia geht weiter. In diesem Moment reißt ein Ast ihren Hut vom Kopf. Er kullert langsam den Hang zum Fluß hinunter, rutscht ein Stück bis ans Ufer, und die Strömung zieht ihn langsam zur Flußmitte, er verschwindet für einen Moment im Dunkel, und dann kann sie sehen, wie er zu einem übers Wasser gefallen Baum treibt, wo er für einen Moment an einem Zweig hängenbleibt. Hilbert will, daß sie weitergeht, er stößt sie vom Pfad hinunter ans Wehr. Sie gehen auf die Wellblechhütte zu, Schnee rutscht vom Ufer ins Wasser. Sie sieht Spuren, die fast wieder zugeschneit sind. Auf der anderen Seite der Urft liegen abgekippte Sägespäne. An der Hütte zieht Hilbert sie zurück, schiebt mit den Füßen Schnee zur Seite, hantiert am Vorhängeschloß, zieht die Tür endlich auf, stößt sie in die Hütte und verschließt die Tür von innen. Man kann unter dem Wellblechdach gerade aufrecht stehen, es ist dunkel und riecht nach modrigen Blättern. Hilberts Hände drücken ihre Brüste, sie gehen hoch zu ihrem Hals, Lia wehrt sich nicht, seine schmutzigen Finger tasten in ihrem Gesicht herum, stecken ihr Tabletten in den Mund. Nach einiger Zeit sackt sie erschöpft an der Wand der Hütte zu Boden. Schweißperlen treten auf ihre Stirn. Hilbert macht ihr Vorwürfe. Sie ist schuld an Claras Tod, nur sie ist schuld, nur sie allein.

38

Nach dem Training schleppte ich mit Martin das Torgestänge zum Schuppen hinter der Turnhalle. Wir stellten es zu dem anderen Gerät, das dort herumlag, schlossen ab und gingen zwischen der Bürgerhalle und den Tennisplätzen zur Sporthalle zurück. Martin maulte über Claßen, während wir durch den Schnee stapften. Dann fragte er, nach was ich mit der Stange gefischt hatte. Ich sagte ihm, daß ich glaubte, Lias Hut gesehen zu haben. Er fragte, ob ihr verwirrter Kopf noch darunter gesteckt habe, und lief lachend voraus zur Sporthalle. Der Fußboden im Umkleideraum war glitschig, und vor den Bänken lagen Handtücher und Fußballsachen. Einige Jungs waren mit dem Duschen fertig und zogen sich an. Claßen redete vom bevorstehenden Spiel gegen Jünkerath und dem Aufstieg in die Bezirksklasse. Er trug einen viel zu knappen Slip, über dem sein Bauch hing. Claßen zeigte Hensch, wie man einen Ball annimmt. Es sah lächerlich aus, wie er herumtänzelte, einen imaginären Ball stoppte, ein Stück dribbelte und dann schrie, jemand müsse sich anbieten. Claßen war immer noch schlecht gelaunt, weil ich den Ball nicht rausgefischt hatte, und er fing wieder damit an, daß ich ihn bezahlen müsse, was ich nicht ernst nahm.

Während ich mit Martin unter der Dusche stand, wurde es in der Umkleide leise. Die Jungs verabschiedeten sich, einer nach dem anderen. Die Tür zur Pausenhalle klapperte, wenn einer die Umkleide verließ. Der Hausmeister hatte bereits kontrolliert, ob noch jemand in der Halle war, und die Schaltuhr so eingestellt, daß die gesamte Beleuchtung um zweiundzwanzig Uhr ausgeschaltet wurde. Wir verließen gerade die Duschen, als das Licht ausging, wir suchten im Dunkel unsere Sachen, wir zogen uns an und tasteten uns durch den Flur zum Ausgang. Ich unterhielt mich mit Martin über das Spiel am Sonntag. Er sagte, er wolle sich danach abmelden, meinte, er sei nicht gut genug für die Bezirksklasse, außerdem wolle er fortgehen, auf einem Luxusdampfer als Stewart anheuern. Er hatte das schon einmal gesagt, und ich hatte es nicht ernst genommen. Aber er hat es später tatsächlich gemacht. Unsere Fußspuren im Schnee führten quer über den Schulhof. An der Urftbrücke trennte ich mich von Martin. Er ging noch zu den anderen ins Restaurant, während ich nach Hause lief. Es schneite immer noch, und die Straße unter der Schneedecke war spiegelglatt. Am Ortsausgang hatte sich ein Wagen festgefahren. Als ich näherkam, sah ich, daß es Hilbert war. Sein Bus stand quer und rutschte, jedesmal, wenn er Gas gab, weiter auf den Straßengraben zu. Hilbert sah aus dem Seitenfenster nach hinten zu den durchdrehenden Reifen. Er blockierte die Straße, und einige Fahrer waren ausgestiegen und halfen beim Anschieben. Als die Räder wieder griffen, fuhr er weiter, ohne sich zu bedanken oder mich zu fragen, ob ich das Stück bis nach Hause mitfahren wolle. Ich hatte ihn seit Monaten nicht mehr gesehen, und ich fragte mich, wo Hilbert jetzt wohnte und was er sonst machte, für einen kurzen Moment fiel mir Lias Hut wieder ein.

Als ich die Treppe zur Terrasse bei uns hinaufging, zuckte das Licht eines Streufahrzeugs, das die Straße hinaufkam, über den Schnee. An der Hauswand unter dem Vordach lagen Briketts. Bobbys alter Freßnapf war vom Terrassentisch gefallen und zerbrochen. Ich stellte meine Sporttasche im Flur ab und ging ins Wohnzimmer. Mutter hatte die Beine auf dem niedrigen Wohnzimmertisch liegen und telefonierte mit Oma. Alfons saß am Eßtisch und quälte sich mit einem Buch. Er las jeden Satz leise vor, manchmal stockte er bei einem Wort, als wäre es eine Hürde, vor der er Anlauf nehmen müßte. Unter dem Stirnansatz konnte man die Narben von seinem Unfall sehen. Seit er wieder bei uns wohnte, bereitete er sich auf eine Prüfung vor. Er glaubte immer noch, er würde wieder zum Militär zurückgehen können, um Pilot zu werden. Als Mutter mich bemerkte, wechselte sie das Thema. Ich spürte, daß sie über mich gesprochen hatten. Sie sagte zu Oma, Vater sei heute nachmittag kurz nach unserem Ausflug auf Montage gefahren: «... nach Süddeutschland. Der kommt erst in vierzehn Tagen wieder. Es interessiert ihn doch nicht die Bohne, was wir hier machen. Du hast ihn ja heute den ganzen Tag erlebt ... Ja, er kommt samstags und schüttet mir seine dreckige Wäsche in die Badewanne und haut so schnell wie möglich wieder ab. Ich weiß, ich weiß, Mutter, du hast recht. Ja, ja du hast mir das immer schon gesagt, ich weiß ...» Dann schwieg Mutter eine Weile, während Oma redete. Mutter spreizte die Finger und blickte auf den Handrücken und die Fingernägel, sie dachte über etwas ganz anderes nach und hörte Oma nicht richtig zu. Mutter sah mich an und bedeutete mir, die Tür zu schließen.

«Leo, leg was nach, statt dich auf den Ofen zu setzen. Wenn er uns kaputtgeht, erfrieren wir. Ich hab Essen aus der Kantine mitgebracht.» Seit Jahren brachte Mutter die Essensreste aus der Kantine mit, ich ekelte mich davor.

Nachdem Mutter das Gespräch beendet hatte, fragte ich, über was sie mit Oma während unseres Ausfluges gesprochen hatte. Sie sagte, sie würde es mir später einmal erklären. Ich hakte nicht weiter nach, weil ich es damals gar nicht wissen wollte. Dann wählte sie Lias Nummer. Lia ging nicht ans Telefon. Mutter wunderte sich, daß Lia nicht da war. Sie versuchte es noch mehrmals an diesem Abend, an dem es schneite und schneite, die ganze Nacht hindurch, so daß am nächsten Morgen keine Busse fuhren und Lastwagen auf den Höhen die Straßen blockierten und man von unserer Terrasse aus den Eindruck hatte, als sei das ganze Land in einem Meer von Schnee versunken.

Bis zum Sonntag ruft Sanny mehrmals täglich bei Lia an, da sie sich nicht meldet, macht sie sich Sorgen, sie hat Angst, Lia könnte irgendwo umherirren oder sich etwas angetan haben.

Am Sonntagmittag fährt sie mit Elisabeth durch die Gegend, um Lia zu suchen. Tauwetter hat eingesetzt, es ist ein regnerisches, stürmisches Wetter. Während der Fahrt unterhalten sich die beiden Frauen zum erstenmal über den Mann, von dem sie beide ein Kind haben und von dem sie nur wissen, daß er mittlerweile schon sehr alt sein muß, aber noch durch die Eifel fährt und Handel treibt. Sie reden auch über Hilbert, und Sanny hofft, daß Hilbert etwas über den Verbleib von Lia weiß. Sie sind beide der Ansicht, daß Lia sich nicht von Hilbert hätte trennen sollen. Auf ihrer Suche kommen sie durch Zingsheim, fahren hinüber nach Söte-nich, kommen nach Kall zurück, um von dort aus nach Gemünd zu fahren. Von der Straße, die an den Sandstein-terrassen entlangführt, sehen sie zum Sportplatz, wo die Ju-gendmannschaft an diesem Sonntag gegen Jünkerath spielt. Sanny glaubt ihren Sohn unter den Spielern zu sehen. Aber bald verschwindet der Sportplatz hinter den Kläranlagen. Die Urft überschwemmt wegen der plötzlichen Schnee-schmelze die Felder und erreicht fast den Bahndamm. Über die sonst nicht mehr benutzten Gleise nach Gemünd rollt ein Sonderzug mit Amphibienfahrzeugen der belgischen Armee. Sie sehen Hilberts Bus nicht, obwohl er auf dem Feldweg geparkt ist, der zu Tamaras Wohnwagen führt.

Hilbert steht mit seinem Bus schon seit dem frühen Morgen auf dem Feldweg. Er hat sich mit Jochen gestritten und ihm gesagt, was er getan hat. Hilbert hat kein Benzin mehr und kein Geld, er weiß nicht, wo er hingehen soll. Er sieht zu Tamaras Wohnwagen hinüber, die während dieser Jahreszeit auch nicht da ist, sie macht irgendwo im Süden Urlaub. Von den Pappeln sind morsche Zweige abgebrochen, die auf matschigen Schneeresten liegen. Ein böiger Wind weht Schnee von Baumkronen, Schnee, der platschend auf das Busdach fällt. Je nachdem, wie der Wind steht, hört man Stimmen vom Sportplatz und das monotone Schnarren der Kläranlage. Auf dem Weg liegt Zeug aus Tamaras Müllsäcken, irgendwer hat die Säcke aufgerissen und den Inhalt auf dem Weg verstreut. Hilbert war an der Stelle, wo man Clara gefunden hat. Er ist an einem Punkt angelangt, von dem es nicht mehr weitergeht. Er blickt auf das Foto von Lia und Clara auf dem Armaturenbrett. Er kann sich an nichts mehr richtig erinnern, nicht einmal an das, was er Lia angetan hat, er steigt aus dem Bus, verriegelt die Tür, wirft den Schlüssel in den Schnee und geht dann den Pfad zu den Sandsteinterrassen hinauf. Der Pfad ist sehr glatt, und Hilbert muß sich manchmal mit beiden Händen an dem morschen Holzgeländer festhalten. Er will zu der Stelle über dem Tanzplatz, als Junge hat er oft dort gesessen, hat in den am Fels hochwachsenden Kieferstamm seine Initialen eingeritzt. Die Buchstaben sind kaum noch erkennbar, die Rinde hat sich im Lauf der Jah-

re über die Kerben gewölbt. Bald wird man nichts mehr
lesen können. Hilbert hat seinen Mantel ausgezogen und
sich auf das Innenfutter gesetzt. Gut fünf Meter unter ihm
befindet sich der Tanzplatz, auf dem Schnee sind verharsch-
te Tierspuren. Von dort, wo er sitzt, kann man über die Stadt
sehen, zum Fluß und zu dem dahinter liegenden Fußballplatz, auf dem das Spiel gegen Jünkerath ausgetragen wird,
ein Spiel, welches über den Aufstieg der Jugendmannschaft
in die Bezirksklasse entscheidet. Aus der Distanz irren die
Jungen wie Schatten umher. Obwohl es ein wichtiges Spiel
ist, sind nur wenige Zuschauer gekommen. Die meisten stehen auf der Tribüne in der Nähe des Vereinshauses. Hilbert
ist jedem irgendwann einmal begegnet, kennt ihre Namen,
hat in der Wirtschaft an der Theke neben ihnen gestanden
und mit ihnen geredet. Er sieht dem Spiel zu, erinnert sich
an die Zeit, als er alles dafür gegeben hätte, in einer solchen
Mannschaft mitzuspielen. Jetzt kommt ihm der Gedanke
daran lächerlich vor, das Spiel erscheint ihm lächerlich, wie
die Jungen umherrennen und sich anschreien, das Leben
kommt ihm lächerlich vor, alles, was er je gesehen und
getan hat, nur Lia nicht, Lia kommt ihm nicht so vor. Es
wird ihm bewußt, was er mit ihr gemacht hat, und er weint.
Nach dem Halbzeitpfiff laufen die Spieler in nassen Trikots
zum Vereinshaus. Sie bekommen heißen Tee zu trinken,
und Claßen steht bei ihnen und gibt ihnen einen Klaps und
sagt, daß sie das Spiel noch gewinnen können, daß man
alles gewinnen kann, wenn man nur will. Als sie wieder auf
den Platz laufen, hat Hilbert den Strick an einem über dem
Tanzplatz ragenden Ast befestigt und die Schlinge über den
Kopf gestreift. Die zweite Halbzeit ist gerade angepfiffen
worden. Die Spieler kicken sich am Mittelpunkt den Ball zu.
Claßen rennt am Spielfeldrand umher und brüllt, daß sie
endlich laufen und angreifen sollen.

Wir hatten das Spiel gegen Jünkerath damals nicht gewonnen und stiegen deshalb auch nicht in die Bezirksklasse auf. Einige von uns waren so erschöpft, daß sie nach dem Abpfiff einfach in den Schneematsch sanken und dort liegen blieben. Claßen ging zu ihnen und half ihnen wieder auf die Beine. Er sagte, wir müßten den Jünkerathern wenigstens gratulieren. Sein Gesicht glühte noch von der Aufregung. Er trug eine Wollmütze, unter der seine Segelohren abstanden, in seinem Schnauzbart hingen Wassertropfen, und er versuchte, seine Enttäuschung zu verbergen.

Ein paar Stunden später, als ich nach Hause kam, hörte ich von Mutter, man habe Lia am Wehr in der Wellblechhütte gefunden. Sie überredete mich, mit ihr dort hinzugehen. Vom Sägewerk aus liefen wir über die Bahngleise, um etwas näher an die Hütte heranzukommen. Ungefähr fünfzehn Meter davor war im Umkreis alles abgesperrt. Die Gegend um das Wehr war in grelles Scheinwerferlicht getaucht. Ein paar Polizisten sicherten noch Spuren. An der Absperrung standen Leute, die erzählten, man habe Lia bereits ins Krankenhaus gebracht. Niemand konnte sagen, was genau mit ihr geschehen war, man wußte nicht einmal, ob sie noch lebte. Mutter stand neben mir auf dem Schotter. Wie nur so etwas Schreckliches passieren könne, jammerte sie. Ich fand, daß sie übertrieb, und meinte, es hätte keinen Sinn, in der Kälte herumzustehen, wenn wir am nächsten Tag sowieso alles in der Zeitung lesen könnten.

«Du weißt überhaupt nichts», sagte sie erbost. Ich war

von dem Spiel zu erschöpft, um mit ihr zu streiten. Es fing an zu regnen, ich wollte nach Hause und mich ins Bett legen und schlafen. Ich fühlte mich nicht gut, und ich glaubte, mich erkältet zu haben, ich wollte jetzt nicht krank werden wegen den letzten Prüfungen, die ich möglichst gut abschließen wollte. Ich lief über die Gleise bis zum Supermarkt. Mutter kam hinter mir her, ich war wütend auf sie, weil sie wegen Lia so ein Theater machte, mir schien, sie sorgte sich um Lia mehr als um jeden in unserer Familie. Vielleicht spürte ich auch, daß sie mir etwas sagen wollte, das ich gar nicht wissen wollte. Sie hatte Mühe, mir zu folgen, ich hörte sie hinter mir keuchen, und sie erschien mir zum erstenmal wie eine Frau, die ihr Leben hinter sich hat; sie tat mir leid, aber ich zeigte ihr das nicht, obwohl ich wußte, daß auch ich daran schuld war. Kurz vor unserer Wohnung holte sie mich ein, und wir gingen das letzte Stück schweigend nebeneinander.

Ein paar Tage später stand in der Zeitung, daß man Hilberts Bus und später auch ihn oben über dem Tanzplatz gefunden hatte. Mutter telefonierte während dieser Zeit oft mit Elisabeth, um sich nach Lia zu erkundigen. Lia war von Hilbert schlimm zugerichtet worden, und sie hatte Erfrierungen, da sie fast zwei Tage in der Hütte gelegen hatte. Es war ein Wunder, daß sie überlebt hatte. Mutter besuchte Lia einige Male in Bonn im Klinikum. Ich habe Lia seither nicht mehr wiedergesehen.

Noch in jenem Sommer begann ich mein erstes Semester an der Hochschule in Aachen. Ich studierte Ingenieurwissenschaften. Ich war froh, endlich wegzukommen. Meine Besuche zu Hause wurden immer seltener. Mutter fuhr nach wie vor jeden Morgen zur Arbeit und saß abends in der Cafeteria des Supermarktes, bevor sie nach Hause ging, um meinen Geschwistern das mitgebrachte Kantinenessen aufzuwärmen. Einmal, als ich zu Besuch nach Hause kam, stand ihr altes Klavier im Wohnzimmer. Effers hatte es von Höffner zurückgekauft und zu Mutter nach Hause bringen lassen. Vater arbeitete immer noch auf Montage. Mit dem Geld, das er verdiente, zahlten sie den Kredit für die Wirtschaft ab, die ihnen nie gehört hatte. Jahre später, nachdem alle Schulden bezahlt waren und Alfons schon verheiratet war und seine Technikerschule mit Auszeichnung abgeschlossen hatte, wurde Vater sehr krank. Zuletzt lag er in einer Klinik in Köln, in der elften Etage, in einem winzigen Zimmer. Durch das Fenster konnte man über die Stadt blicken. Mutter fuhr damals jeden Tag zu ihm. Sein Bett war zu kurz. Es schien, als würde Vater immer dürrer und länger. Vor seinem Tod brachten sie am Fußende eine Verlängerung an, in seinen letzten Stunden konnte er seine Beine endlich ausstrecken. Bei starkem Wind rappelten die Fenster, das Gebäude schien zu schwanken wie die Krone eines hohen Baumes. Es stank im Zimmer. Er stand unter Morphium und hatte Windeln an, die nicht regelmäßig gewechselt wurden. Ich besuchte Vater nur einmal, da ich damals eine Anstellung als Softwareingenieur in Süddeutschland hatte und gerade ein wichtiges Projekt leitete. Während meines Besuches erzählte er von einem Boot, einem Boot, das flußabwärts treibe, immer weiter flußabwärts, und ich glaube, er wähnte sich auf diesem Boot, er redete von Lia. Sie war schon lange aus Kall weggezogen und wohnte in einem der kleinen Höhendörfer in der südlichen Eifel. Soviel ich wußte, war sie wieder verheiratet und hatte zwei Kinder. Aber sie wollte nichts mehr mit ihrer Vergangenheit zu tun haben. Während Vater redete, schwebten seine dürren Hände durch die Luft, als würden sie nicht mehr zu seinem Körper gehören, dann packten sie meine Handgelenke und hielten sie fest, und er sagte böse, er würde uns alle mitnehmen. Ein letztes Mal hatte ich Angst vor ihm, genauso wie damals, als er Mutter betrunken durch das Haus jagte.

Nachdem wir Vater beerdigt hatten, zog Mutter in das Altenwohnheim in der Nähe der Sportanlagen. Von ihrem Fenster kann sie das Spielfeld sehen, auf dem wir früher trainierten.

Wenn ich Mutter heute besuche, sitzt sie in ihrer kleinen Wohnung vor dem Fernseher. Sie macht nichts anderes mehr. Auf dem Schrank neben dem Fernseher stehen Fotografien unserer Familie, von meinem Bruder, wie er stolz vor dem hochgefahrenen Tor seiner neuen Maschinenfabrik steht, von meinen Schwestern mit ihren Männern und Kindern, Kinder, die mittlerweile erwachsen sind und die ich nicht mehr erkennen würde, wenn sie mir auf der Straße begegneten. Ich versuche, mit Mutter zu reden. Aber sie erzählt mir nie, was ich eigentlich wissen will. Manchmal bin ich ihr böse deswegen, aber dann denke ich, daß es besser so ist. Niemand kann wirklich alles erzählen.